Y²

# MADAME PISTACHE.

MADAME PISTACHE

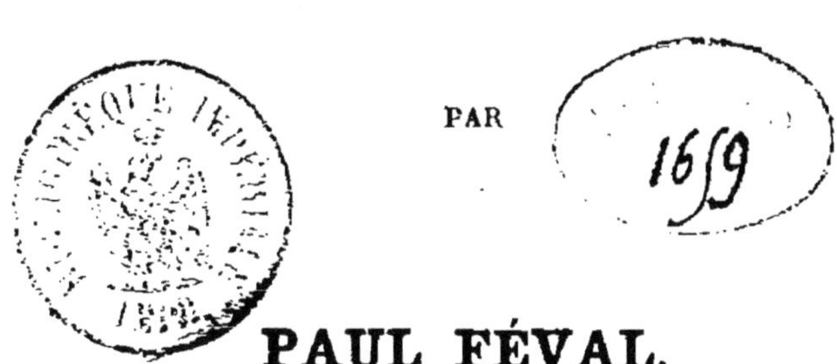

PAUL FÉVAL.

PARIS, 1856.

LEIPZIG, CHEZ WOLFGANG GERHARD.

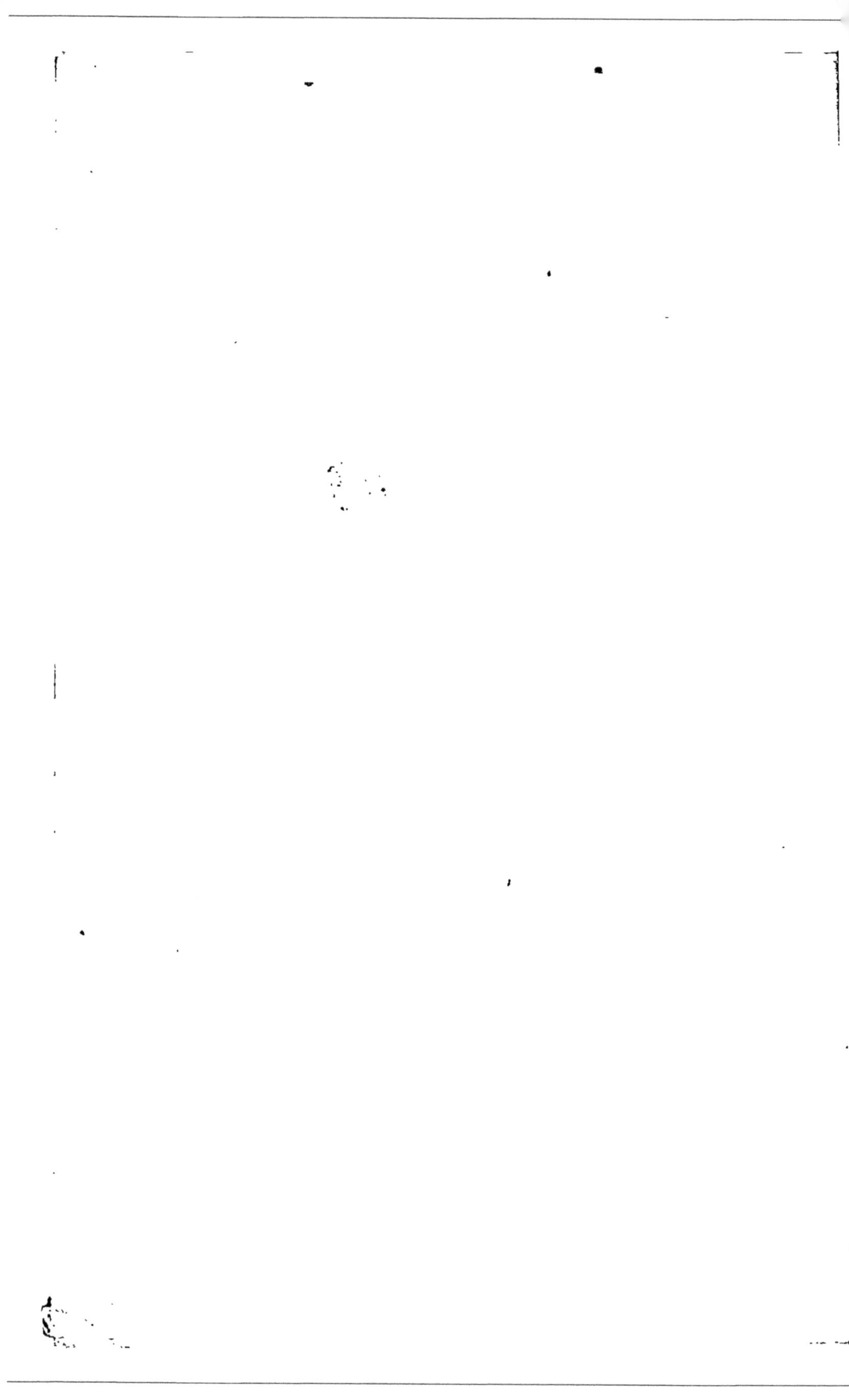

I

Les nuages couraient turbulents et sombres. Une bande d'azur pâle restait à l'horizon, sous le vent; une bande bien étroite, que les grandes nuées voyageuses attaquaient déjà de leur estompe lourde. Ce n'était pas un ciel d'orage, c'était cette cohue de vapeurs qui roule et se mêle sur nos têtes aux méchants jours d'octobre, montrant et cachant tour à tour, par des trous qui s'ouvrent, qui se bouchent, qui se rouvrent pour se fermer encore, le bleu sévère du firmament sans soleil.

Les toits rougeâtres d'Aix-la-Chapelle, la vieille ville de Charlemagne, qui retrouve tous les ans un os de son empereur, ruisselaient de pluie; les pavés pointus scintillaient au jour clair et faux des matinées pluvieuses; toute cette eau répandue reflétait une lumière qui blessait l'œil et semblait venir d'en bas.

C'était de grand matin, vers six heures et demie ; le déluge effrayait les buveurs d'eau sulfureuse qui devancent le crépuscule, d'ordinaire, et viennent demander la santé à cette naïade, pourvue d'une haleine formidable, qui alimente la fontaine Élise. Les rues étaient désertes ; le vieux veilleur de nuit, bien plus antique que la cathédrale, venait de regagner son logis, et l'on n'entendait dans les rues que le bruit crépitant de l'averse, coupée de rafales brusques et folles.

Tout à coup, au milieu de cette solitude inondée, un être humain se montra sous un parapluie vert, tourmenté par le vent : c'était une femme. Elle portait un petit châle vert, que le parapluie n'avait pas suffisamment abrité, une robe verte trempée, et des brodequins verts qui se trémoussaient dans la boue.

Le fantastique est assurément dans la nature. Tout ce que nous allons raconter est vrai depuis le premier mot jusqu'au dernier. Cela s'est passé en la ville d'Aachen, l'automne dernier, au vu et au su de chacun. Cependant, quiconque eût cherché un abri, le 6 octobre 1850 au matin, sous le vilain portique de la fontaine Élise ;

quiconque eût vu passer cette petite femme, cheminant dans l'eau comme une sauterelle armée d'un parapluie, serait convaincu depuis lors, et resterait persuadé, jusqu'à la fin de ses jours, qu'il lui a été donné d'assister aux évolutions bizarres d'une fée.

Elle allait sautillant et relevant d'une main soigneuse l'étoffe très-mûre de sa robe, son chapeau de soie verte, dont la couleur avait, hélas! déteint, engouffrait le vent, et laissait voltiger deux touffes de cheveux gris bouclés coquettement; son pied, adroit et alerte, touchait à peine la pointe étincelante des pavés. Quand elle atteignit ce milieu lumineux dont nous parlions tout à l'heure, quand elle se plongea dans ce foyer blafard, reflet mystique d'une immense flamme de Bengale cachée, on ne sait où, vous eussiez dit vraiment un rêve éveillé d'Hoffmann ou de Tieck. Elle glissait entre deux eaux, l'eau du ciel et l'eau de la rue; son parapluie, luisant comme une glace, lui faisait une auréole baroque. Les plis étriqués de son châle et de sa robe fouettaient à la rafale. Il y avait quelque chose de nautique dans cette course, et l'on se surprenait à penser que le parapluie, le châle, la robe, et même le pauvre chapeau déteint, étaient comme autant de voiles qui aidaient cette barque vivante à cingler dans l'ondée.

La fée, si c'était une fée, venait des environs de l'église des Jésuites, et se dirigeait vers Kohlnstrass. Elle avait pu lire en passant cette inscription hyperacadémique, que les bourgeois d'Aix-la-Chapelle, fanatiques des beaux-arts, et un peu bâtards de l'apothicaire d'Apollon, ont tracée au fronton de leur théâtre : *Musagetæ Heliconiadumque choro.*

Il faut aller en Prusse pour voir des choses aussi complétement jolies !

Mais la petite femme verte ne savait peut-être pas entendre ce triomphant latin du *Gradus ad Parnassum.*

Elle enfila la place mélancolique, plantée d'acacias poitrinaires; elle passa devant la maison de jeu, non sans jeter sur la porte un regard oblique et rapide; elle laissa derrière elle la Redoute, le séjour des plaisirs endormis, et se lança au travers des rues de plus en plus étroites qui conduisent à la porte de Cologne.

Les douaniers prussiens sont graves et polis,

à la différence des intolérables citoyens qui, aux barrières de Paris, fourrent leurs mains sales dans les bagages des voyageurs. Ils mirent la tête aux vitres de leur corps de garde, timbré de l'écusson d'argent à l'aigle éployée de sable, becquée, membrée d'or, et ne songèrent point à visiter le parapluie de la petite femme verte.

Celle-ci leur envoya, ma foi, un signe de tête tout gracieux en passant, et les douaniers, après lui avoir rendu sa courtoisie, prononcèrent, avec leur accent allemand, ce nom tout français : Madame Pistache.

— Elle n'aura pas l'étrenne de la route, dit A.-B. Mayer; l'Américain est déjà dehors depuis une heure.

J.-N. Mayer, L. Mayer, F. Mayer, T. Mayer et P. Mayer, douaniers composant le corps-de-garde, retournèrent auprès du poêle, où ils faisaient bien du mal à l'Autriche!

Plusieurs voyageurs, jaloux de connaître à fond les choses, se sont posé cette question : „Pourquoi tous les Prussiens se nomment-ils Mayer?" Aucun d'eux n'a trouvé de réponse acceptable.

Et d'abord tous les Prussiens ne s'appellent pas Mayer. Il y en a qui s'intitulent tout simple-

ment Hunspiegelhalteruter. En outre... Mais
réservons ces sujets ardus pour un livre encore
plus sérieux que celui-ci.

Quant à l'Américain qui avait devancé madame
Pistache sur la grande route submergée, c'était
Jobson, de Baltimore.

Vous connaissez tous Bobby Jobson: —
cinquante ans, bonnes épaules, grand estomac.
Sous le rapport moral, ami des pantalons à carreaux et des étoffes imperméables. Beau joueur,
solide buveur de grog; toujours bien approvisionné
de dollars. Du reste, parlant peu, mais parlant
haut, et disant que l'Europe serait un pays de
quelque avenir si elle était située plus près du
Kentucky.

Bobby Jobson voudrait bien être un original,
mais il a le sang un peu lourd. Jusqu'à présent,
il n'a pu trouver que deux excentricités:

1° Il ne joue qu'une fois par semaine, le vendredi,
jour de malheur; 2° il ne sort que par la grande
pluie. A Aix-la-Chapelle, où il s'est fixé en dernier
lieu, l'usage du baromètre se perd, et l'on ne met
plus guère de girouettes au-dessus des maisons.
A quoi bon? Jobson est là. Quand il sort, on
rentre chez soi.

Vous pensez que Bobby Johson aura un beau rôle dans cette dramatique histoire.

De ce côté de la ville d'Aachen, il y a un chemin creux qui grimpe entre deux montagnes. L'une de ces montagnes, arrondie en croupe, sert aux jeunes Prussiens qui sont passionnés pour le jeu innocent du cerfvolant. L'autre montagne est le Lousberg.

Pour le Louisberg, je donnerais le jardin des Tuileries à Paris, et deux ou trois des parcs de Londres. Le Lousberg est un paradis terrestre. Les gens d'Aix ont eu beau faire : en vain ils ont semé ce lieu de petites fabriques odieuses; en vain ils ont bâti sous les grands arbres une atroce rotonde servant de restaurant; le Lousberg a résisté aux gens d'Aix : il est resté le délicieux bosquet, le labyrinthe plein de mystère, l'Éden, où il semble que chaque tronc doit garder la chère empreinte d'un chiffre amoureux.

On dit que Napoléon prit quatre prises de tabac dans la tour de bois qui est au sommet du Lousberg. Charlemagne n'avait pas cette habitude, mais il venait s'asseoir chaque jour sur certain rocher, avec une de ses vingt-quatre

épouses, afin de causer un peu d'Haroun-al-
Raschild, son compère, et de Witikind, son
ennemi. Le grand Frédéric y mangea des œufs
frais, les uns disent pochés, les autres sur le
plat. Enfin, Chauvin lui-même, cette synthèse
vivante de toutes les gloires militaires, Chauvin
y est venu, car on lit sur une colonne:

> Mourir pour la patrie,
> C'est le sort le plus beau,
> Le plus digne d'envie?

Le matin où notre histoire commence, le
chemin creux qui monte au Lousberg était un
véritable torrent. La petite femme verte mit
résolument ses brodequins dans l'eau fangeuse
et blanchâtre.

Le vent, qui visiblement la portégeait, s'en-
gouffra sous son parapluie vert, et lui permit
d'effleurer à peine les ondes de ce fleuve boueux.
Elle allait, elle allait d'un si beau courage, que
Bobby Jobson lui-même, le baromètre américain,
n'eût pas nagé beaucoup mieux.

Et tout en marchant, elle grommelait:

— Ah! les enfants! les enfants! Je parie que
je vais gagner un gros rhume!

Quoi! une fée! un rhume!

Pauvre siècle! où tout a dégénéré, tout! pauvre siècle! où les nymphes toussent, au fond des bois; — où les bas bleus troués des muses elles-mêmes cachent, hélas! de vulgaires engelures.

Elle allait, la petite femme verte, elle montait.

Au bout de dix minutes, elle avait franchi la rampe tournante qui mène au restaurant dont nous avons déjà parlé avec éloge. Ce restaurant, qui affecte les profils d'un temple grec, possède naturellement un portique. C'est bien le moins *(Musagetæ Heliconiadumque choro!!!)*. La petite femme verte entra sous le portique, et fit égoutter son parapluie. Il n'y avait aucun sortilége dans ce meuble, de la forme dite riflard, ayant un anneau au lieu d'embout, et une poignée en tête d'oiseau.

Figurez-vous que ce mot embout, si nécessaire aux académiciens, qui tous chérissent le parapluie, n'a pas encore reçu l'hospitalité dans le dictionnaire de l'Académie.

La petite femme verte ôta son châle, et le tordit, ainsi que le bas de sa robe. Un courant verdâtre s'établit aussitôt sur les dalles du portique, ce qui prouve bien que la toilette de la petite femme était mauvais teint. Elle ôta également ment son chapeau et le secoua, puis elle essaya un peu de reboucler ses cheveux gris, que les rafales avaient cruellement défrisés. Personne ne la troubla dans ces soins. Le restaurant corinthien avait portes et fenêtres closes.

Quand elle eut achevé, elle s'assit sur le seuil, repliée et pelotonnée comme une chatte qui a froid: elle grelottait, mais ses petits yeux perçants et vifs se fixaient ardemment sur la route parcourue.

De l'endroit où elle était, son regard pouvait embrasser la route, les boulevards et la ville tout entière.

Elle ne découvrait rien, sinon de grands tourbillons de pluie que le vent chassait en tumulte.

Elle éternua.

— Bon! bon! gronda-t-elle, voilà le rhume... Quand je vous disais!... Ah! les enfants! les enfants! les enfants!

Mais ne croyez pas qu'elle eût la moindre envie de se fâcher contre l'averse, bien au contraire; quand la ligne de l'horizon venait à s'éclaircir un peu dans le lit du vent, elle fronçait le sourcil comme un diable, et il fallait un gros nuage bien chargé pour lui rendre sa sérénité.

Le gros nuage venu, elle souriait.

Et je ne saurais vous dire ce qu'il y avait de bonté naïve, d'esprit, d'espièglerie, de grâce et de cœur dans le sourire de cette pauvre petite femme.

Il y a des vieilles qui sont jolies, c'est positif: jolies sous leurs rides et sous leurs cheveux blancs: c'est l'âme toujours jeune qui perce alors sous l'injure de la vieillesse.

Eh bien, madame Pistache était ainsi: ridicule au premier coup d'œil, nous avons été sur le point de dire grotesque, puis étrange, puis jolie.

Oui, jolie, et mieux encore: belle.

Belle et touchante.

Par exemple, tenez, vous eussiez trouvé cela comme nous si vous l'aviez entendue répéter d'une voix tremblante ce refrain en apparence si banal:

— Les enfants! les enfants!

Si vous l'eussiez vue, aux redoublements de l'orage, joindre ses petites mains sèches et lancer son regard vers Dieu, comme une prière en murmurant:

— Bon! bon! Si cela continue, ils ne viendront pas, les écervelés!

Je vous le dis, l'émotion vous aurait pris, car il y avait une larme de belle joie dans son sourire, tandis qu'elle grelottait, transie jusqu'aux os.

A l'hôtel Dremel, qui est sans conteste le plus confortable hôtel de la ville d'Aix, Charles Dubreuil, jeune touriste des mieux faits et des plus élégants, était en train de s'habiller.

Je ne sais si le temps maussade influait sur le caractère ordinairement fort gai de Charles Dubreuil, ou si quelque préoccupation triste le tenait, mais il est certain que Mayer, son domestique d'hôtel, ne lui avait jamais vu l'air si sérieux.

Il vaquait aux soins de sa toilette sans mot dire; chaque fois que la rafale poussait les gros grains de pluie contre ses vitres qui sonnaient, il laissait échapper une exclamation de dépit.

— Avez-vous commandé la voiture? demanda-t-il enfin. — Pour sept heures, répondit Mayer le garçon; Mayer (celui-là était le cocher) est exact comme un cadran solaire... Mais monsieur ne sortira sans doute pas par ce temps-là? — Si fait. — Alors, je vais dire à Mayer (celui-là était le cuisinier) qu'il prépare les côtelettes de monsieur. — C'est inutile... je ne mangerai pas. — Est-ce que monsieur est malade? — Non. — Si monsieur avait été malade, Mayer aurait été chercher tout de suite le docteur Mayer.

Il y eut un silence pendant lequel Charles Dubreuil continua de s'habiller.

— Ah çà! s'écria-t-il tout à coup, connaissez-vous madame Pistache, vous, Mayer? — Qui ne connaît madame Pistache? répliqua le garçon. — Qu'est-ce que c'est, en définitive, que cette femme-là? — Ma foi, je ne saurais le dire à monsieur. — Vous prétendez la connaître? — Assurément.... comme je connais la fontaine Élise, Frankenburg, la maison du Chanoine, et les autres curiosités d'Aix-la-Chapelle... je l'ai vue. — Vous ignorez son genre de vie? — Pas tout à fait... M. Mayer, le marchand de cigares, m'a dit qu'elle passait sa journée entière à la maison de jeu, et que là elle jouait avec des haricots secs sa main droite contre sa main gauche. — Parbleu!... je sais cela depuis que j'ai mis le pied à la salle de jeu. — En outre, elle est toujours habillée de vert...

Charles Dubreuil fit un geste d'impatience, Mayer se tut aussitôt.

„C'est étrange! pensait le jeune touriste, je ne sais pas pourquoi cette petite bonne femme-là m'occupe en un pareil moment... — Mayer, ajouta-t-il tout haut. — Monsieur! — Est-elle riche? est-elle pauvre? — Les uns disent qu'elle est millionnaire, les autres qu'elle a bien de la peine à payer son pain sec. — D'où vient-elle? — Personne ne s'est jamais fait cette question-là. — Où demeure-t-elle?

Mayer regarda Charles avec de gros yeux ébahis. Un domestique français eût répondu franchement qu'il pensait bien que madame Pistache *ne demeurait pas*; mais le bon Mayer craignit de perdre le respect.

— Si monsieur veut, dit-il, je prendrai des renseignements.

Charles Dubreuil haussa les épaules.

— A Londres et à Paris, reprit-il en nouant sa cravate, il y a des hommes de police chargés de protéger les femmes contre les importunités des commis-voyageurs et des lovelaces d'estaminet. Nous n'avons pas ici quelque chose d'analogue en faveur des hommes?

Malgré sa sagacité allemande, Mayer ne put s'empêcher de sourire.

— Est-ce que madame Pistache aurait insulté monsieur? demanda-t-il. — Je la trouve partout! s'écria Charles, moitié riant et moitié en colère; elle me barre le passage dans la rue, elle me porte malheur au jeu... En quelque lieu que je me rende, je suis sûr de rencontrer devant moi ses petits yeux gris étincelants.

Mayer écoutait et réfléchissait profondément!

— Dame! murmura-t-il, ça n'est pas impossible! Nous avons ici près, au Burtscheid, une demoiselle Mayer qui a soixante-deux ans, et qui fait des vers latins... Elle est devenue amoureuse du jeune Mayer, le fils du conseiller... Elle le poursuivait partout avec une bouteille qui contenait je ne sais quelle drogue... elle appelait cela un philtre..... Si bien qu'un jour, sur la brune, le jeune Mayer fut attaqué vers la porte de Maëstricht; on le terrassa; on voulut lui faire boire le philtre avec un entonnoir..... et, sans le peintre Mayer, qui passa là par hasard, je ne sais pas ce qui serait arrivé!... Si monsieur veut, Mayer le brosseur, qui est forte comme un Turc, ira le chercher tous les soirs à la maison de jeu avec des pistolets de chez Mayer...

Charles n'écoutait plus. Il venait d'ouvrir son portefeuille, et son âme tout entière était dans ses yeux.

Son portefeuille contenait un petit médaillon; un portrait de femme; une jeune fille, presque une enfant, blonde, avec des yeux bleus souriants et bons.

Les paupières de Charles eurent ce picotement nerveux qui précède les larmes.

— Allez voir si la voiture est prête! commanda-t-il brusquement. — Attendez! se reprit-il. Auparavant, montez chez le vicomte, et dites-lui que je suis prêt.

Mayer, garçon de l'hôtel Dremel, s'inclina et sortit.

Il avait entrevu le médaillon; car, dans le corridor, il pensa:

„Une jolie petite demoiselle! mais, là, jolie tout à fait! Quand à madame Pistache, ajouta-t-il en traversant la cour où sa tête nue fut baignée en un instant, c'est tout de même bien étonnant... mais du diable si elle court après M. Dubreuil ce matin par la pluie qu'il fait!"

Charles était resté en contemplation devant
le portrait de la jeune fille aux blonds cheveux.
Elle était belle, cette jeune fille, belle comme
un ange. Les larmes que Charles essayait de
repousser jaillirent sur sa joue.

— Marie! Marie! murmura-t-il en couvrant le
médaillon de baisers passionnés.

Le portrait gardait son sourire heureux.

Charles le pressa une dernière fois contre ses
lèvres, et s'assit devant son secrétaire.

Cette horrible plume, qui est dans tous les
hôtels, et qui trempe dans une écritoire pleine
de lie, grinça un instant sur le papier.

Charles écrivait:

„Marie,

„Si je meurs, tu recevras ceci avec ton portrait. Ne le donne jamais à un autre. Adieu,
Marie, mon adorée Marie! Sois bien heureuse.

CHARLES.“

Il appuya ses deux mains contre sa poitrine,
parce qu'il étouffait.

— Bonjour, ami, dit le vicomte Aymar en entrant; — un temps pitoyable!... impossible de songer à l'épée!... Si l'on pouvait remettre à demain... — Vous savez bien que cela ne se peut pas, interrompit Charles Dubreuil. — Nous en serons donc réduits aux pistolets... C'est fâcheux... Les voilà.

Le vicomte Aymar déposa une boîte de combat sur la table, et souleva en sifflant les rideaux de la croisée.

Charles mettait l'adresse de sa lettre.

— Ils sont très-doux, vous savez, dit le vicomte entre deux traits de *Gilles le ravisseur*. — Qui donc? demanda Charles. — Les pistolets... Ils ne relèvent presque pas... Vous pouvez viser au menton... Dites-moi, Charles, ça ne peut donc pas s'arranger du tout, du tout, cette affaire-là? — En aucune manière. — Vous prendrez un tiers du point de mire... Moi, je ne comprends pas qu'on se batte pour le bon motif... mais je respecte toutes les opinions...

Charles se leva, et se dirigea vers lui à pas lents.

— Ami, dit le vicomte, vous ne me plaisez pas ce matin... le temps est affreux, c'est vrai,

mais cela n'excuse pas vos airs de Gymnase...
Vous avez pleuré? — J'ai pleuré, c'est vrai.
— Vous êtes un homme de l'autre monde! si l'on
ne vous savait pas brave comme deux douzaines
de fous...

Charles l'interrompit en lui serrant la main.

— Et vous, vicomte, dit-il, si l'on ne vous
savait pas bon comme un enfant... Mais laissons
cela... Voulez-vous vous charger de cette lettre?
— Oh!... fit le vicomte, la lettre d'usage...
„Quand vous recevrez ces lignes, j'aurai cessé
d'exister, etc., etc., etc. — Précisément. — Quel
âge avez-vous, Charles? — Vingt-deux ans.

Le vicomte prit la lettre, et ricana pour ne
pas faire voir qu'il était ému.

Ce vicomte-là était un garçon de vingt-cinq à
vingt-huit ans, un peu fatigué de trop vivre, et
qui se croyait blasé parce qu'il était ennuyé de
certaines choses qui font la vie fashionable en
France, et qui sont en elles-mêmes particulière-
ment ennuyeuses, à savoir: l'Opéra, le monde
élégant, et les femmes amusantes.

Je déclare que ce mot, exclusivement français,
blasé, n'a d'autres synonymes que le superlatif
tout neuf.

Ils ne connaissent rien ces désabusés, sinon ce qui est faux et frelaté. Ils ressemblent à un homme qui dirait: „Je n'aime plus le pain,“ parce qu'on lui aurait donné à manger, sous le nom de pain, pendant dix ans, d'horrible biscuit de Savoie.

Ils ne croient plus aux femmes, disent-ils. Grand Dieu! comment croirait-il au bon pain, le malheureux qui n'aurait jamais mangé que des brioches!

Généralement ces pauvres garçons, victimes de ce monstre idiot qu'on appelle la mode, sont beaucoup moins méchants et beaucoup plus nigauds qu'ils ne le pensent. Cela ne les empêche pas de commettre des actions très-méchantes et de trouver des mots très-spirituels. Je souhaite que vous arrangiez cela pour le mieux, n'ayant pas le loisir de me charger de ce soin.

Mayer, le garçon, entr'ouvrit la porte, et dit:

— La voiture est prête.

Le vicomte mit la boîte de combat sous son manteau; Charles et lui montèrent dans la calèche. Mayer, le cocher, fouetta ses chevaux, qui s'appelaient tous les deux Mayer.

Et tout en passant sous la voûte de l'hôtel,

Charles se disait, lui aussi, à voir poudroyer la pluie sur les pavés miroitants :

— Du diable si madame Pistache pourra courir après moi ce matin. — Où allons-nous? demanda cependant le cocher. — Au Lousberg, répondit le vicomte.

Il était bien sept heures et demie; madame Pistache grelottait toujours sur les marches du restaurateur, mais sa petite figure maigre était toute radieuse.

La pluie ne cessait point, et le temps passait.

Déjà vingt fois elle s'était dit, en tournant vers le ciel noir un regard de gratitude:

— Ils ne viendront pas! ils ne pourront pas venir!

Mais tout à coup un bruit sourd et lointain se mêla au bruit de la pluie. La bonne petite femme verte tâcha un instant de croire que c'était le tonnerre. Elle se leva, et courut tout au bord de la rampe pour regarder le bas de la montée. Ce n'était pas le tonnerre, c'était la calèche traînée et conduite par les trois Mayer, la calèche de Charles Dubreuil et du vicomte Aymar.

Elle montait au trot de ses deux bons chevaux, qui fumaient sous l'ondée. La petite femme verte laissa tomber ses bras le long de son corps; sa tête découragée s'inclina sur sa poitrine.

La voiture montait, suivant les circuits de la route, qui tourne autour de la colline. Quand elle arriva au niveau du restaurant, la petite femme verte, cachée derrière une colonne, darda un regard à l'intérieur.

Elle ne dit qu'un mot:

— C'est lui!

La voiture passa, et les deux Mayer trouvant un terrain plane, se mirent au galop, sans attendre le coup de fouet de leur homonyme.

Madame Pistache s'était redressée. Il n'y avait plus trace de faiblesse sur son visage.

Elle saisit son parapluie, qu'elle brandit vaillamment au-dessus de son chapeau vert, et se jeta comme une perdue au travers des buissons mouillés en disant:

— Quand je devrais y laisser mon pauvre châle, je les rattraperai!

II

Le plateau du Lousberg a une forme elliptique très-allongée. Du côté opposé au restaurant ionien, sa croupe descend brusquement dans la plaine parmi d'impénétrables fouillis d'arbres verts.

La route qui mène directement à cette partie du Lousberg est une prolongation du boulevard, et continue la ligne des vieilles fortifications d'Aix-la-Chapelle. Sur cette seconde route, une seconde voiture, conduite et traînée comme l'autre par trois Mayer, roulait de son mieux dans la boue. Elle contenait deux messieurs et deux épées.

Le premier monsieur avait nom Monner de Saint-Valéry; le deuxième s'appelait M. le marquis d'Argos.

C'était Monner de Saint-Valéry qui devait se battre avec Charles Dubreuil.

Ce Monner avait pris le nom de Saint-Valéry parce que son père était Cauchois. On disait qu'avant d'être gentilhomme, il avait vendu bien des veaux. Il était riche.

Le marquis d'Argos était une greffe de cet arbre qui produit les vicomtes Aymar. Il n'y avait entre eux que la mince épaisseur de la dame de pique: Aymar était encore dupe, Argos était déjà fripon.

C'est une affaire de temps.

Favoris coupés à l'anglaise, fine moustache, mains d'albâtre, œil éteint et fixe; beau cavalier, doigts spirituels, langue lourde et stupide. Car de nos jours, un grec bien stylé n'a plus ces allures de Fontanarose. Les véritables artistes en ce genre ont supprimé le *bagout*, qui met en défiance.

Monner de Saint-Valéry, qu'il soit ancien boucher ou marchand actuel de foulards, prend toujours le marquis d'Argos pour témoin quand il a un duel. Le marquis ne lui emprunte jamais d'argent; le marquis le trompe rarement au jeu. Il forme Monner, qui, sans le savoir, lui sert d'enseigne et de passe-port.

Car Monner a un nom commercial; il est connu sur la place. Le marquis aime bien mieux se passer Monner au cou, comme une médaille, que de lui escroquer des miettes. Si les ânes pondaient, nous pourrions dire que le marquis d'Argos est trop habile pour tuer ainsi son âne aux œufs d'or.

La voiture de Monner rencontra celle de Charles Dubreuil à cinq cents pas de la Tour-de-Bois. Les quatre gentlemen descendirent et se saluèrent. Les deux Mayer échangèrent une poignée de main, et donnèrent l'avoine à leurs quatre Mayer.

Ils se mirent ensuite sous le vent de leurs voitures, et allumèrent deux immenses pipes de porcelaine peinte, représentant des sujets déshonnêtes.

Le premier soin de Monner de Saint-Valéry fut de tirer sa montre.

— Dépêchons-nous, dit-il à son adversaire, car il faut que je parte par le convoi de neuf heures. — Je suis à vos ordres, répliqua Charles. — Ah çà! voulut dire le vicomte, si on s'expliquait un petit peu?... — Cela perdrait du temps, interrompit Charles. D'ailleurs, l'affaire est bien simple... j'aime une jeune fille qui me paie de retour. Monsieur prétend l'épouser tout de même. — Positivement, repartit Monner. J'ajoute que la demoiselle en question rirait de bon cœur si elle vous entendait, monsieur Dubreuil. — Cherchons une place, conclut le marquis d'Argos, qui avait hâte d'en finir pour retrouver l'abri de la voiture.

On s'enfonça dans les massifs. Par hasard, le temps s'éclaircit un peu, et la pluie fit trêve. Au bout d'une cinquantaine de pas, le vicomte et le marquis trouvèrent une pièce de gazon parfaitement nivelée, où l'on pouvait viser comme dans un tir. Les pistolets furent chargés, et les adversaires placés à vingt-cinq pas l'un de l'autre, avec faculté de faire chacun cinq pas.

Au moment où ils armaient, un pâle rayon de soleil, glissant entre deux nuages, vint, ma foi, égayer la scène.

Les témoins s'étaient mis à distance. Monner et Charles avaient armé.

Le pistolet de Monner s'abaissait vers Charles, qui restait en garde.

Une seconde encore, et tout était dit; car Monner va tous les jours au tir avant de se rendre à la Bourse. Il est parfaitement sûr de son coup. Les gens qui ne l'aiment pas prétendent que sans cela il ne se battrait jamais.

A l'instant même où le doigt exercé de Monner allait peser sur la détente, il fit un haut-le-corps, et releva son pistolet. Un éternuement aigu venait de partir du fourré, derrière lui, à brûle-pourpoint. Nous disons un bel éternuement, sonore, convulsif, musical, et tel que pourrait le produire un soprano léger qui se serait mouillé les pieds.

Monner tourna la tête. On ne voyait rien encore; seulement, le taillis frémissait tout doucement. Si les lapins de garenne éternuaient, on aurait pu croire qu'il y avait là un lapin de garenne dangereusement enrhumé du cerveau.

Témoins et combattants avaient l'œil au guet. Tout à coup Charles Dubreuil laissa échapper une exclamation de colère, et dit:

— C'est elle.

Un parapluie vert se montra entre deux branches, puis un chapeau vert, puis une petite figure toute pâle où brillaient des yeux perçants.

— Madame Pistache! s'écrièrent les témoins.

— Elle a juré de me rendre fou! ajouta Charles, qui laissa tomber ses deux bras le long de son corps.

Madame Pistache salua poliment nos quatre gentlemen, et vint s'installer au milieu de la clairière, où elle mit sécher son parapluie.

Si vous saviez comme elle était faite en ce moment, cette madame Pistache! Son châle

avait trois accrocs majeurs et quantités d'écor-
chures. Son chapeau, déformé, ne tenait plus.
Sa robe laissait flotter de longues franges, et son
parapluie lui-même montrait ses robustes baleines
à travers deux blessures énormes.

En regardant tous ces dégâts, la petite femme
avait sans doute le cœur bien gros, car il était
facile de voir qu'elle n'avait point l'habitude de
faire de grandes dépenses pour sa toilette. Mais
elle supportait ce revers d'un cœur vaillant, et
ses bras maigres, croisés sur sa poitrine étroite,
donnaient à sa pose un certain air majestueux.

Elle l'avait dit, vous vous en souvenez :

— Quand je devrais y laisser mon pauvre
châle, je les rattraperai!

Elle avait traversé les taillis en fonçant tout
droit, comme un chevreuil lancé; pendant que la
voiture suivait les sinuosités calculées de la route,
elle avait coupé au plus court. — Elle y avait
laissé non-seulement son pauvre châle, mais
aussi sa pauvre robe et son pauvre chapeau.

Mais elle les avait rattrapés!

Je vous prie de bien rentrer dans la nature
des choses et de penser que nous ne faisons point
ici un roman. Figurez-vous nos deux adversaires

et leurs témoins; figurez-vous ce duel à mort où madame Pistache venait tranquillement faire galerie.

Le Lousberg est à tout le monde. Elle avait le droit de se promener là, cette petite femme verte.

Matériellement, sa présence n'empêchait rien. — Mais matériellement, la mouche qui tombe dans votre verre ne vous empêche pas de boire.

Pourtant vous ne buvez pas. Vous maudissez la mouche, et vous jetez le vin.

Eh bien! il est trente fois plus facile de boire le vin où la mouche s'est suicidée que de se battre en duel devant madame Pistache.

Et si les législateurs étaient de véritables philosophes, au lieu de fulminer contre le duel des lois souvent inutiles, ils voteraient des fonds pour entretenir quelques vieilles femmes chargées de gêner les rencontres.

Ceci est praticable, moral et joli. — Que ne peut-on également soudoyer des mouches de tempérance chargées de fréquenter les cabarets et de se noyer dans tous les verres!

Nos quatre gentlemen échangèrent un regard tout plein d'embarras.

Madame Pistache, en vérité, leur lançait des œillades narquoises qui semblaient dire: Ah! ah! vous voilà pris!

Son esprit subtil avait admirablement saisi l'importance de ce rôle de mouche. Elle triomphait.

— Allons ailleurs, dit Charles.

M. de Saint-Valéry consulta sa montre et répéta :

— Allons ailleurs.

Madame Pistache ôta son chapeau pour essayer de le retaper un petit peu.

Si vous allez ailleurs, mes chers messieurs, dit-elle — je vous suivrai... J'ai le temps, je me promène... et voilà plus de vingt ans que j'ai envie de voir une affaire d'honneur.

Dire que Charles Dubreuil l'eût étranglée avec transport, ce serait trop peu. Il tremblait de colère.

— Venez, gronda-t-il, en s'adressant à ses compagnons — insulter une femme est ignoble... la frapper... Vous voyez bien que je perds la tête!... Venez!

M. de Saint-Valéry, qui ne dédaigne pas de battre comme plâtre toutes les femmes à qui il souscrit des billets, eut un superbe sourire. Il désarma son pistolet, et donna le signal du départ.

Quand madame Pistache fut seule, l'expression de sa figure changea tout à coup.

— Oh! pauvre enfant! pauvre enfant! — En ce moment elle avait des larmes dans la voix.

Un instant, elle hésita. Puis elle regarda tout autour d'elle, ayant, cette fois, la conscience de sa faiblesse.

— S'il venait quelqu'un, pensa-t-elle.

Or, quand une fée émet un vœu, vous savez ce qu'il arrive. A peine madame Pistache avait-elle parlé, qu'un pas lourd se fit entendre sur la route voisine. Elle s'élança; un homme de grande taille tourna le coude du sentier qui menait à la clairière.

Au lieu d'accoster cet homme, madame Pistache poussa un cri d'horreur et s'enfuit.

Et cependant cet homme était Bobby Jobson, de Baltimore, l'Américain enduit de caoutchouc.

Bobby Jobson ne vit pas même madame Pistache, tant il était occupé.

Il avait à la main un carré de carton sur lequel était figuré un cercle divisé en trente-six compartiments numérotés. Ce cercle représentait avec une minutieuse précision le bassin fatidique où chante la petite boule d'ivoire qui gonfle les poches de MM. les entrepreneurs de jeux. Bobby Jobson, comme presque tous les gens à qui le caoutchouc ne répugne pas horriblement, se livrait à l'alchimie martingalique. Peu d'Américains échappent à ce travers.

Bobby Jobson avait trouvé une combinaison.

Pour peu que vous connaissiez un joueur, vous savez l'accent précieux, naïf et solonnel qui se donne à ce mot *combinaison*. Il n'y a que les fondateurs de journaux pour le prononcer d'une manière plus dévote.

La combinaison de Bobby Jobson n'était pas une de ces combinaisons naïvement scientifiques, fondées sur l'algèbre de cuisine: c'était une combinaison mécanique et positivement expérimentale. Comme il arrive pour beaucoup de grandes inventions, le hasard seul et l'habitude avaient ouvert la voie, et c'était après coup que Bobby Jobson, appelant la physique à son secours, avait expliqué les résultats merveilleux de son système par les lois connues du mouvement et de la gravitation des corps.

Du reste, Bobby Jobson avouait qu'il en était

encore à l'enfance de l'art. Il avait neutralisé le zéro noir; dans peu, il espérait neutraliser le zéro rouge. Avec le temps, il était sûr de conquérir toutes les chances depuis 1 jusqu'à 36. — Mais il ne voulait pas aller jusque-là.

Une fois parvenu à 18, il pouvait attaquer en maître absolu le passe et le manque; cela lui suffisait.

Avec quelque dédain motivé, il regardait les malheureux qui jouaient la série démodée et le bourgeois tiers et tout!

Sa combinaison marchait, marchait. Un peu de patience encore, et il allait faire danser toutes les banques de l'Europe.

Jusqu'à présent il avait perdu beaucoup d'argent.

Mais il était riche, parce que, avant d'avoir mis la main sur cette enviable combinaison, Bobby Jobson avait toujours joué avec un remarquable bonheur.

Vous tous, qui avez donc cette maladie du jeu, cherchez, cherchez des combinaisons. Un joueur qui n'a pas sa combinaison n'est idiot qu'à demi, et peut mourir ailleurs qu'à l'hôpital. Cherchez.

Cependant, pourquoi madame Pistache se détournait-elle de Bobby Jobson avec horreur? Quand on veut sauver la vie d'un homme, on ne se montre pas difficile d'ordinaire sur le choix des moyens; et madame Pistache voulait évidemment sauver la vie de Charles Dubreuil, ou la vie de M. Monner de Saint-Valéry? Pourquoi dédaigner l'intervention de Bobby?

A cela, il y avait un motif très-sérieux et très-dramatique, dont nous aurons à nous occuper en temps et lieu.

La chose certaine, c'est qu'en fuyant ce bon Jobson, la petit femme murmurait en frissonnant:

— Lui!... lui!... Charles s'agiterait dans sa tombe!... Ce serait une profanation!

Il paraît qu'il y avait un autre Charles, et que ce Charles était mort.

Nos deux adversaires et leurs témoins avaient trouvé un emplacement encore plus beau que celui où madame Pistache avait éternué.

Nous avons dit au lecteur quelle était l'intrépidité de la petite femme; personne ne sera donc étonné d'apprendre qu'elle courut tout droit après les quatre *gentlemen*, pour tenter un second effort.

Mais ceux-ci s'étaient concertés en chemin: la seconde entrée de la petite femme verte, comme on dirait au théâtre, ne fit aucune espèce d'effet. Les deux témoins, qui s'attendaient à la revoir, allèrent à elle, chapeau bas, la prirent chacun par un bras, sans lui faire de mal, et la conduisirent hors de portée.

— Je reviendrai, mes chers messieurs, je reviendrai, disait la petite femme en ricanant.

Elle paraissait très-sûre de son fait.

Mais le vicomte Aymar et le marquis d'Argos avaient fait collecte de foulards: à l'aide de quatre mouchoirs de poche convenablement tordus, ils lièrent sans pitié la pauvre femme au tronc d'un arbre.

Elle ne protesta point, elle ne poussa pas un cri; seulement, avant de se retirer, les deux témoins virent que son sourire était plus railleur.

Ils la quittèrent pour rejoindre Charles Dubreuil et M. Monner de Saint-Valéry, qui avait déjà regardé trois fois à sa montre.

— Est-ce fait? dit Charles avec impatience. — L'heure passe, grommela Monner, et le chemin de fer n'attend pas!

Les deux témoins promirent que tout allait

marcher désormais sur des roulettes. On fit de nouveau la mise en scène du duel; les pas furent mesurés, les places tirées au sort, et les deux adversaires relevèrent, pour la seconde fois, les chiens de leurs pistolets.

Il est évident que, dans cette sombre et mystérieuse histoire, une part doit être laissée à l'inconnu.

La petite femme verte devait avoir des rubriques ignorées du reste des mortels; les foulards étaient solides et très-bien noués; cependant nous jugeons superflu de dire comment madame Pistache recouvra la liberté. Les uns pourront penser aux dents de fée, qui sont tranchantes comme des rasoirs; les autres réfléchiront qu'une petite bonne femme a, la plupart du temps, des ciseaux dans sa poche.

Toujours est-il que deux secondes après le départ du vicomte et du marquis, madame Pistache pliait proprement les quatre foulards et les mettait en paquet sous son bras.

— Cette fois, se dit-elle, je n'éternuerai pas; je tomberai, comme la foudre, au milieu d'eux, et s'ils veulent se débarrasser de moi, il faudra qu'ils me tuent!

Telle était l'intention de la petite femme verte; mais le rhume de cerveau ne prend les ordres de personne; elle avait traversé déjà le taillis à pas de loup, elle apercevait, entre les branches chargées de feuilles jaunies, la forte carrure de M. Monner de Saint-Valéry, qui prenait position; elle s'apprêtait à bondir au centre de la lice, lorsqu'elle sentit cette démangeaison nasale qui précède la bruyante convulsion des enrhumés.

Elle voulut imposer silence à son cerveau; en pareil cas, l'effort que l'on fait double le fracas de la détonation.

Le coup partit à l'instant où elle touchait presque le large dos de M. Monner.

Madame Pistache put reconnaître à cette heure combien la prudence humaine est fragile et insignifiante; cet éternuement qu'elle avait essayé de comprimer lui donna justement bataille gagnée.

On peut dire, sans être taxé d'exagération, que cet éternuement fit un effet prodigieux.

Aussi était-il remarquable, et beaucoup plus nourri que le premier.

M. Monner sauta de côté comme s'il eût mis le pied sur une botte d'aiguilles; il devint tout pâle, et son pistolet s'échappa de sa main.

Charles et les deux témoins, qui avaient reçu,
comme Monner, l'éternuement à bout portant,
fronçaient le sourcil; on ne pouvait pas savoir
à quel excès ils allaient se porter contre la petite
femme, qui s'avançait vers le centre de la lice,
la tête haute et son trophée de foulards sous le
bras. M. Monner tira sa montre et balbutia je ne
sais quoi; il avait la langue presque paralysée.
Il faut bien vous l'avouer, Monner était un esprit
fort; il ne croyait pas en Dieu, mais il était
superstitieux comme tous les pauvres esprits qui
se vantent d'être athées.

Il croyait au vendredi, au nombre treize, et
à différents autres dogmes macaroniques. Or, il
est un de ces dogmes qui prête à l'éternuement
une signification menaçante.

Monner de Saint-Valéry eût peut-être passé
par-dessus un éternuement ordinaire, mais ceux
de la petite femme verte avaient un caractère si
particulier et se produisaient dans des circonstances si bizarres, que Monner en fut terrifié.

Il eut peur tout autant que s'il eût remarqué
en venant, sur la paroi de sa voiture, le fatal
n° 13, et cette matinée devint pour lui aussi
néfaste que la matinée d'un vendredi.

Ce qui porta son trouble au comble, c'est que madame Pistache, par une inspiration soudaine, alla droit à lui et lui présenta les quatre foulards en disant:

— Mon cher Monsieur, prenez le vôtre.

Il se recula, et tandis que ses trois compagnons méditaient une nouvelle attaque contre la petite femme, il prit resolûment son parti.

— Monsieur Dubreuil, dit-il en boutonnant son pardessus. je n'ai plus que vingt minutes pour me rendre au chemin de fer... je vous avais prévenu, et vous savez si l'affaire qui m'appelle est importante.

Charles le savait en effet. Il s'agissait pour M. Monner de signer le contrat de son mariage avec cette Marie que Charles tutoyait dans sa lettre écrite le matin, et confiée, en cas de malheur, aux bons soins du vicomte Aymar.

Madame Pistache eut envie d'embrasser Monner de Saint-Valéry; elle craignait encore cependant qu'il ne revînt sur sa détermination; mais c'est qu'elle ne le connaissait pas.

La surprise des témoins, les mots piquants de Charles Dubreuil glissèrent comme de vains sons sur l'entêtement du marchand de foulards.

Il avait un prétexte; bon ou mauvais, il s’en tint à son prétexte avec une stoïque constance.

Tout fut inutile.

M. le marquis d’Argos, qui n’avait pu d’abord retenir l’expression de sa surprise, craignant de perdre sa médaille, finit par appuyer Monner.

— En somme, monsieur, dit-il fièrement à Dubreuil, Spa est à quelques heures d’Aix-la-Chapelle... S’il vous convient de nous suivre, vous savez bien que nous n’allons pas au bout du monde.

Monner approuva d’un signe de tête, consulta une dernière fois sa montre, qui lui était d’un bien grand secours, et prit, au pas accéléré, le chemin de sa voiture.

Charles et son témoin avaient fait quelques pas comme pour s’opposer à cette étrange retraite.

La poursuite, en ce cas, est aussi ridicule que la fuite elle-même. Charles et le vicomte s’arrêtèrent.

Quand ils revinrent sur le terrain pour prendre les pistolets, madame Pistache n’y était plus; elle avait laissé — car elle était moqueuse, cette étrange petite femme — les quatre foulards largement étendus sur le gazon.

Aymar et Charles se regardèrent. Le vicomte avait bonne envie de rire; mais la piteuse figure de son camarade lui fit compassion.

— C'est le diable! murmura Charles, dont la tête se pencha sur sa poitrine. — Faut-il vous rendre votre lettre? demanda le vicomte Aymar.— Non, répondit Charles. Gardez-la.... il me reste la ressource de me brûler la cervelle... si toutefois, ajouta-t-il amèrement, ce petit monstre de femme veut bien me le permettre!

Le vicomte gardait le silence; les deux amis purent entendre au loin, dans le taillis, comme l'écho affaibli d'un éclat de rire.

Le soleil avait vaincu les nuages; le ciel resplendissait; chaque feuille mouillée portait une étincelle.

Aix-la-Chapelle sortait du brouillard avec ses dômes lourds entremêlés de flèches aiguës.

Quelques Anglaises, aux chapeaux de paille et aux voiles verts, parcouraient déjà en hâtant leurs grands pas masculins, les allées naguère désertes du Lousberg; le restaurant corinthien ouvrait ses portes et allumait ses fourneaux.

Bobby Jobson, voyant bien qu'il ne ferait plus de pluie, reprenait le chemin de son hôtel.

Charles Dubreuil et le vicomte Aymar remontèrent tristement dans leur voiture. Comme ils s'engageaient dans le chemin creux qui mène au boulevard, ils purent voir au pied de l'église solitaire, détachée vivement sur le ciel clair, la silhouette anguleuse de la petite femme verte, qui était là pour les regarder passer.

III

Ce Charles Dubreuil était un garçon assez à son aise, mais dont l'aisance gardait quelque chose de mystérieux et d'inexpliqué. Il n'avait pas de biens au soleil, comme on dit. Dans ses embarras d'argent — et quel jeune homme n'a de ces embarras? — il n'avait jamais parlé de vendre un coupon de rentes ni même d'emprunter sur garantie.

On ne lui connaissait pas de famille; il n'avait jamais dit à personne de quel pays il était; sa vie avait réellement tout un côté romanesque.

Si les amis de Charles ne connaissaient pas parfaitement sa position, ce n'était pas chez lui excès de discrétion ou prudence précoce; il n'en savait pas lui-même beaucoup plus qu'il n'en disait.

De sa petite enfance, il ne conservait que des souvenirs bien vagues. Il se rappelait une femme qui parfois venait le visiter à la pension où il apprenait à lire, dans la ville de Namur.

Cette femme l'embrassait tendrement, et il pensait bien que c'était sa mère.

Ces visites s'éloignèrent peu à peu, pour cesser enfin entièrement.

Charles se souvenait d'avoir vu de loin, vers cette époque, la femme qui ne venait plus à sa pension, se cacher soit au détour des rues dans la ville, soit le long des haies dans la campagne pour le voir passer.

Il avait alors cinq ou six ans. A mesure que le temps s'écoulait, l'ardent désir d'avoir quelqu'un à aimer naissait et grandissait en lui.

Ne voyant plus cette femme, qu'il prenait pour sa mère, il se mit à la chercher dans toutes celles qu'il rencontrait.

Comme il arrive presque toujours, il la trouva bien des fois, cette femme, ou du moins il crut la trouver, et chaque fois qu'il en trouvait une nouvelle, le type primitivement gravé dans sa mémoire, le type réel, allait se perdant; de telle sorte que, parvenu à l'âge de dix ans, Charles qui cherchait toujours, en était arrivé à changer complétement son souvenir.

Sans s'en douter il ne savait plus, et cette femme qu'il croyait être sa mère, cette femme qui l'embrassait jadis, et qu'il aimait tant, se fût-elle présentée à lui tout à coup, il ne l'aurait point reconnue.

Car il avait passé cinq ans à modifier l'image chérie, et dans son esprit, il s'était fait une autre mère.

Tous les ans, le premier jour de mars, un inconnu venait à Namur, et payait le prix de sa pension; quant à ses petits caprices d'enfant, il avait de quoi les satisfaire.

Lorsqu'il eut fini ses humanités, il reçut une lettre qui l'engageait à se rendre à Paris dans l'étude de maître Guérin, notaire royal. Il s'y rendit, et reconnut dans maître Guérin le ponctuel visiteur qui venait tous les ans à Namur le premier jour de mars.

Maître Guérin lui donna une poignée de main, le fit asseoir, et lui dit:

— Allons, monsieur Charles, vous avez beaucoup grandi depuis l'an dernier; vous voilà un homme; cela nous vieillit.

Ici maître Guérin sourit, et regarda Charles par-dessous ses lunettes d'or.

— Vous êtes joli garçon, reprit-il. Je vous trouve joli garçon... Il y a une autre personne à qui cela fera plus de plaisir qu'à moi. — Ma mère... interrompit Charles, déjà tout heureux. — Oh! oh! oh! fit par trois fois maître Guérin. Nous allons beaucoup trop vite, monsieur Charles!..... Je n'ai peut-être pas l'honneur de connaître madame votre mère... Comme je vous le disais tout à l'heure, vous êtes un homme... moi, je suis un notaire... Les rapports que nous aurons ensemble seront ceux de notaire à client.

Charles baissa la tête. Il avait espéré mieux.

— Il faut qu'un jeune homme ait de l'argent, reprit maître Guérin. Il ne faut pas qu'un jeune homme ait trop d'argent... Jusqu'à votre majorité, on vous servira une pension de trois cents francs tous les mois.

Ceci parut à Charles, échappé de collège, une somme fabuleuse.

— Je suis donc bien riche? s'écria-t-il.

— Vous n'êtes pas pauvre, répondit maître Guérin. A votre majorité, vous pourrez compter sur une rente annuelle de dix mille francs à peu près.

Charles garda le silence, mais il pensa:

— Dix mille francs!... C'est peut-être assez pour épouser Marie!

Charles allait atteindre sa dix-septième année, Marie avait bien douze ans; mais si vous saviez comme elle était charmante, avec ses cheveux blonds sur son front blanc et rosé! avec ses grands yeux bleus souriants et si bons!

Charles aimait Marie. Marie avait un frère à l'ancienne pension de Charles, et quand elle venait le voir, elle donnait à Charles un de ses meilleurs sourires.

Souvent les affections qui naissent si tôt avortent comme des fruits trop hâtifs; mais quand elles viennent à bien, ce sont de belles amours.

— Maintenant, reprit maître Guérin, que comptons-nous faire, monsieur Charles?

Charles ne s'était jamais adressé cette question-là: il fut pris de court.

— Voulez-vous être militaire? demanda maître

Guérin, après avoir attendu quelque temps. — Si on veut que je sois militaire, repartit Charles, je ne m'y refuse pas. — Mon bon ami, interrompit le notaire, — j'avais oublié de vous dire cela... vous êtes votre maître, aussi absolument qu'il est possible de l'être à votre âge... On ne veut rien; c'est à vous de vouloir.

Charles devint triste. D'autres auraient accueilli cette déclaration avec joie; mais Charles avait un cœur aimant au plus haut degré. Cette liberté absolue impliquait pour lui l'abandon.

— Ma mère est donc morte?... murmura-t-il. — Une fois pour toutes, monsieur Charles, répliqua sèchement le notaire, je ne puis répondre à cette question-là.

Il fit semblant de ne pas voir que le pauvre enfant avait les larmes aux yeux, et répéta:

Voulez-vous être militaire? — Non, repartit Charles. Voulez-vous entrer dans la marine? — Non, monsieur, pas davantage. — Voulez-vous être avocat, magistrat, notaire?

Maître Guérin prononça ce dernier mot avec une certaine emphase, ce qui n'empêcha pas M. Charles de répondre par un nouveau refus.

— J'espère, dit maître Guérin en pinçant ses

grosses lèvres, que vous ne ferez pas la mauvaise plaisanterie d'avoir du goût pour les arts?... Voyez-vous, les artistes et les gens de lettres sont regardés, par tous les esprits sages, comme des...

Mais l'excellent notaire n'eut pas même besoin de parfaire la diatribe obligée contre les gens de lettres et les artistes.

Charles lui répondit tout bonnement:

— Je n'ai jamais songé à cela. — Alors, commença maître Guérin, à quoi avez-vous songé, monsieur Charles?

Le jeune homme hésita, puis repartit:

— Je voudrais entrer chez un receveur des finances. — Bravo! s'écria le notaire enchanté.

Il est bon de vous dire, pour expliquer cette vocation si précise de M. Charles, que le père de Marie était receveur des finances à Namur.

Si maître Guérin avait été enchanté, M. Charles le fut encore bien davantage, lorsque le notaire ajouta:

— Bravissimo!... Je connais justement en Belgique un receveur qui vous prendra dans ses bureaux à ma recommandation. — Dans quelle ville? A Namur... C'est M. de Salisse.

Charles détourna la tête pour cacher sa joie.

— Est-ce que le séjour de Namur ne vous convient pas? demanda maître Guérin. — Mon Dieu!... si fait... répondit Charles, — je n'ai pas précisément de répugnance... — Eh bien, donc, — monsieur Charles, — dit le notaire en se levant, — voici toutes nos petites affaires arrangées. Revenez demain toucher le premier quartier de votre pension... et vous partirez pour Namur quand vous voudrez.

Charles prit congé. Comme il allait passer la porte de l'étude, maître Guérin le rappela.

— Un mot encore, monsieur Charles, dit-il; — maintenant que vous voilà grand, il vous faut autre chose qu'un nom de baptême... Vous vous appellerez, si vous voulez, Charles Dubreuil.

Charles salua et sortit. — Ce mot: *Si vous voulez* gâtait absolument la joie qu'il avait à recevoir un nom. *Si vous voulez!* On ne dit pas „si vous voulez" à un fils en lui apprenant le nom de son père.

Nous allions presque oublier de vous faire savoir que ce maître Guérin était un peu borgne de l'œil droit, sous ses lunettes d'or, et qu'à l'exception de cinq osanores, il avait toutes les dents mauvaises. A part cela, c'était un assez galant homme, pas beaucoup plus larron que d'autres notaires.

Charles se rendit à Namur, et entra en qualité de commis dans la maison de M. de Salisse.

M. de Salisse était un homme fort riche, bienfaisant et imprudent. Il avait de bons amis, qui parlaient depuis dix ans de sa ruine prochaine. Ses cousins issus de germains prophétisaient qu'il mourrait à l'hôpital.

Comme il traitait ses employés avec une douceur voisine de la faiblesse, ceux-ci, joyeux jeunes gens, ne se gênaient guère pour mener le métier de viveurs. Charles fit là de bonnes connaissances. Il ne devint pas un financier très-fort, mais en revanche, il apprit à monter à cheval, à tirer l'épée et le pistolet, à boire vaillamment le champagne.

Ces talents, dont on parle à la légère, peuvent avoir leur utilité, bien certainement.

Le temps passait; Marie, l'enfant aux blonds cheveux, se faisait jeune fille, et jeune fille ravissante; elle avait de l'esprit ce qu'il faut pour plaire, le véritable esprit des femmes qu'on adore, l'esprit de ne point poser, l'esprit souriant, facile et sans apprêt.

Elle était bonne encore plus que jolie.

Charles l'aimait comme un fou. Dans cette maison où tout se ressentait de la débonnaireté du maître, Charles avait mille moyens de se rapprocher de Marie: il était bon; il était jeune et ardent; il avait l'éloquence des sincères amours.

Une nuit, entre deux reprises de valse, car ils valsaient tous deux comme des anges, et ensemble presque toujours, Marie, émue, promit à Charles d'être sa femme, si son père le voulait.

Il y avait apparence que M. de Salisse ne s'opposerait point à ce mariage. Charles était le meilleur ami de son fils, et d'ailleurs, le brave homme n'avait jamais pu se résoudre à contrarier sa petite Marie.

A dater de ce jour, la jeune fille se regarda comme fiancée.

Mais sur ces entrefaites, Georges, l'ami de Charles et le fils de M. de Salisse mourut à la suite d'un accident de chasse. Pour tous ceux qui ne connaissaient pas à fond la situation du receveur des finances de Namur, cette mort faisait de Marie l'unique héritière d'une immense fortune.

Les choses changèrent. La maison de M. de Salisse devint le rendez-vous de ces hommes

spéciaux qui voient dans le mariage la meilleure
et la plus sûre de toutes les opérations commer-
ciales. Charles eut peur; Marie ne faisait que
rire. Elle se croyait sûre de son père, et il n'entrait pas dans son esprit loyal qu'aucun événement
pût la forcer à reprendre la parole donnée.

Elle allait avoir dix-sept ans, lorque M. Monner
de Saint-Valéry apporta pour la première fois
dans la ville de Namur ses favoris taillés à l'anglaise, ses larges épaules et son solide crédit.

Monner était garçon. Tout d'abord l'idée lui
vint d'épouser l'héritage mademoiselle de Salisse.
Il se fit présenter; il vit Marie, et devint amoureux
d'elle.

Je dis amoureux. Ces hommes de coupons et
d'actions sont sujets, comme de simples mortels,
aux maladies de l'humanité. Monner fut amoureux
tout de bon.

Il fit sa cour dans les règles, avec tout l'aplomb
que donne un portefeuille vénérable. Il fut repoussé
par la jeune fille, et il se retourna vers le père.
Vieille, mais éternelle histoire!

En ce temps-là, des bruits fâcheux commen-
çaient à courir sur le compte de l'opulent receveur,
et prenaient chaque jour plus de consistance. Un

fait avait transpiré depuis peu : M. de Salisse s'était laissé entraîner par sa générosité imprévoyante jusqu'à cautionner pour une somme très-lourde un banquier de Louvain, son ancien ami d'enfance.

La maison de Louvain avait manqué; les tiers-porteurs étaient venus à M. de Salisse, et l'on disait tout bas que présentement il y avait un déficit dans sa caisse de comptable.

A la vérité son luxe ne diminuait point; les malheureux trouvaient, comme jadis, sa main toujours ouverte; mais à cela les méchantes langues avaient réponse toute prête.

Arrêter sa dépense en un moment pareil, c'eût été de la part de M. de Salisse un aveu implicite; et tout mauvais cas est niable.

Monner de Saint-Valéry n'était pas sourd; il entendait comme les autres ces rumeurs répandues dans la ville; cela ne l'arrêtait point. Un marchand de foulards amoureux est pire qu'un chevalier errant!

Un soir d'automne de l'année 1850, dans le magnifique jardin de l'hôtel du receveur, Marie et Charles se rencontrèrent. Marie avait des larmes dans les yeux; Charles ne lui demanda pas le motif de sa tristesse, car depuis plusieurs jours déjà il savait ce qui se passait.

Monner de Saint-Valéry avait fait sa demande officielle.

— Nous partons demain pour les eaux de Spa, dit mademoiselle de Salisse, dont la voix tremblait. — Demain!... répéta Charles.

Marie lui laissa prendre sa main.

Elle hésitait; on voyait que les paroles ne voulaient point sortir de sa poitrine.

— Charles, murmura-t-elle enfin, je crois que vous ne devez pas nous y suivre.

Ils s'assirent tous deux sur un banc de gazon.

Charles était muet: le désespoir lui étreignait le cœur. Il voyait comme un voile de deuil s'étendre tout à coup sur le riant avenir rêvé si chèrement pendant cinq années.

Les reproches étaient impossibles, car il savait bien que Marie se sacrifiait pour son père.

Charles connaissait mieux que personne la situation de M. de Salisse.

Ce fut Marie qui reprit la parole la première.

— Je vous ai donné ma foi, Charles, dit-elle en comprimant ses larmes. Je vais être bien malheureuse, car je ne vous oublierai point...

Venez à mon secours, je vous en supplie; et quand j'aurai accompli mon sacrifice, jurez-moi que je ne vous reverrai jamais.

Charles secoua la tête avec découragement.

— Je vous le jure, Marie! répondit-il.

Mais son accent fit tressaillir la jeune fille, qui lui prit les deux mains, et le regarda en face.

— Vous aurez pitié de moi, Charles, murmura-t-elle. Si j'apprenais qu'un acte de désespoir...— Vous ne l'apprendrez pas, Marie! interrompit Charles.

Il y eut un long silence. La nuit tombait.

— Écoutez, Marie, dit Charles, il faut rentrer au salon... Cette entrevue est peut-être la dernière... Je vais partir pour Paris ce soir... J'ai dix mille francs de revenu... Si par un moyen quelconque cette fortune peut être réalisée, j'essaierai de lutter encore contre mon rival... Gagnez du temps si vous pouvez, Marie... Et si je ne reviens pas, soyez heureuse.

Il pressa la main de la jeune fille contre ses lèvres, et s'enfuit.

Le lendemain, M. de Salisse, sa fille et Monner, partirent pour Spa, où devait se faire le mariage.

A Paris, maître Guérin, le notaire, reçut Charles parfaitement, comme toujours ; il lui déclara qu'il était joli garçon, et lui apprit que sa rente de dix mille francs était viagère et absolument inaliénable.

C'est au retour de ce voyage que nous trouvons Charles Dubreuil aux eaux d'Aix-la-Chapelle.

Une heure après le fameux duel du Lousberg, Charles était dans le salon du vicomte Aymar, à l'hôtel Dremel, couché sur l'ottomane, et fumait, à ce qu'il disait, son dernier cigare.

Mayer, le fossoyeur, n'avait qu'à préparer sa pioche ; le pauvre Charles était un homme fini.

— A tout prendre, disait-il au vicomte de cette voix fatiguée des gens qui n'espèrent plus, c'était une mauvaise action que je faisais là. — Quelle action ? demanda Aymar. — Ce duel... Si j'avais tué le Monner de Saint-Valéry, ce pauvre M. de Salisse eût été un homme perdu, puisque moi je n'ai pas le moyen de le tirer d'affaire.

La position du receveur de Namur était tout à fait le secret de la comédie ; il n'y avait nulle indiscrétion de la part de Charles à en parler ouvertement.

— Bah! s'écria Aymar, une mauvaise action!
D'abord, je nie que ce puisse être jamais une
mauvaise action de détruire un peu le Monner de
Saint-Valéry... C'est un de ces gaillards qui
s'appellent *légion*, et il en reste toujours trop...
Quant à votre M. de Salisse, les choses ne se
font pas en Belgique comme ailleurs... Le gouvernement est bon diable... Il sait parfaitement
ce qui se passe; et comme en définitive M. de
Salisse est la perle des honnêtes gens, le ministre
des finances lui donnera tout le temps qu'il voudra.
En France ou en Angleterre ce serait une affaire
terrible... mais en Belgique les drames sont des
comédies du Gymnase... on en vient rarement
aux grands moyens... M. de Salisse, précisément
parce qu'il est honnête homme, s'est laissé prendre
à une panique, et vous en êtes la victime. — Et
Marie!... soupira Charles, ma pauvre belle Marie!

Le vicomte regarda Charles du coin de l'œil. —
En allant au fond des choses, dit-il, il y a plus
de cachemires en Monner de Saint-Valéry qu'en
vous.

Il voulait essayer du scepticisme pour guérir
la fièvre de son ami.

Charles ne répondit pas, jeta son cigare, et se leva.

— Allons, allons, fit Aymar, j'ai eu tort. Mais c'est que vous êtes un peu fou, Dubreuil, et je ne sais comment vous prendre... Si c'était moi, je partirais pour Spa tout de suite, j'enlèverais mademoiselle de Salisse, et, ma foi, à la grâce de Dieu pour l'affaire du bonhomme.

Un instant, les yeux de Charles brillèrent, mais son front redevint aussitôt plus pâle, et sa tête se pencha sur sa poitrine.

— Aymar, prononça-t-il brusquement en tendant la main au vicomte, je vous remercie de toute l'amitié que vous m'avez montrée depuis quelques jours... Je vais rentrer chez moi... adieu.

Le vicomte eut froid dans le cœur. C'était, au demeurant, un fort bon garçon, malgré ses gros vices et ses petits ridicules. Il reconnut en ce moment que la résolution de Charles était froidement et fermement prise.

Jusqu'alors il avait douté; le suicide, de nos jours, est tombé dans le domaine de la farce; tout au plus est-on obligé de le prendre au sérieux quand la gueule du pistolet chargé touche le front, ou que le charbon s'allume.

Aymar retint la main de Charles et la serra pathétiquement entre les siennes.

— Morbleu! je vous aime plus que je ne croyais, Dubreuil, s'écria-t-il avec une émotion involontaire, et d'autant plus communicative qu'on ne devait pas s'attendre à la rencontrer là. Je ne vous laisserai pas rentrer dans votre appartement. Je suis plus âgé que vous.... je m'opposerai.... — Vous prendrez, interrompit Charles en souriant tristement, le rôle abandonné de madame Pistache. — Appelez ce rôle-là comme vous voudrez... mais je ne vous quitte plus, et je me fais votre tuteur!

Charles perdit son sourire, et retira sa main en fronçant le sourcil; mais avant qu'il eût ouvert la bouche, Aymar, frappé d'une idée soudaine, s'était précipité vers son secrétaire. Il abaissa la tablette, et prit dans le creux de sa main une poignée d'or.

— Je me croyais plus riche que cela! grommela-t-il; mais enfin, n'importe, voilà toujours une centaine de louis... Il peut bien vous en

rentrer autant, n'est-ce pas, Charles? — A peu
près, répondit ce dernier; je comptais vous charger de payer toutes mes petites dettes d'hôtel...
et les derniers frais... — Il s'agit bien de cela!...
Entre nous deux, nous réunissons quatre mille
francs... La banque d'Aix en tient deux mille au
maximum... C'est donc deux mises que vous
avez... Je sais de bonne source que le Monner
compte en se mariant cent soixante mille francs
à M. de Salisse... Eh bien, mon ami, ce n'est que
quatre-vingt parties qu'il nous faut gagner. — Et
si je perds?... demanda Charles, qui était joueur,
et, par conséquent, susceptible de se laisser prendre
à cette folle espérance. — Si vous perdez, répliqua
le vicomte avec chaleur, j'emprunte à M. Dubreuil
de quoi retourner à Paris, et de là je m'engage à
payer vos dettes.

Charles était ébranlé.

— J'ai justement un quartier de pension échu
d'hier, murmura-t-il. Je vous donnerais une délé-
gation, et vous toucheriez à ma place. — C'est cela!
c'est cela! s'écria le vicomte en se frottant les mains.
Pardieu! nous allons faire de belle besogne...
Prenez mon argent, allez à la banque, et bonne
chance. — Vous ne m'accompagnez pas? demanda

Charles. — Je n'ai jamais gagné une seule fois en ma vie... Je vous porterais malheur.

Ce disant, le vicomte poussa Charles dehors. Son enthousiasme tombait un peu; en somme, il avait fait tout ce qu'il avait pu.

Il y a trois séances de jeu tous les jours à la banque d'Aix-la-Chapelle; une à onze heures du matin, une à deux heures, une à huit heures du soir.

Il était onze heures; les salons s'ouvraient; Charles alla s'asseoir à la table de roulette, et mit la moitié de son avoir sur le tapis : deux mille francs. A la fin de la séance, il avait une trentaine de mille francs dans son portefeuille.

Il resta dans la rue devant la porte de la banque pendant tout l'intervalle qui sépare les deux séances de jour. Quand les portes se rouvrirent, il fut le premier à son poste. Vers quatre heures et demie, quand la roulette cessa de tourner, il possédait soixante-dix mille francs.

Aix-la-Chapelle est une ville de jeu petit et prudent. Quand un homme y gagne soixante-dix mille francs dans sa journée, cela fait événement dans les hôtels. Le bruit de cette rafle se répandit aux quatre coins de la cité. Beaucoup d'Anglais, de Belges, de Hanovriens et même quelques Russes, mystérieux comme des basses d'opéra-comique, se promirent d'assister à la séance du soir.

Un autre événement avait pu frapper tous ceux qui d'ordinaire fréquentaient la maison de jeu, événement plus rare encore que la rafle de soixante-dix mille francs.

Madame Pistache, la petite femme verte que l'on voyait toujours assise à la droite du croupier, piquant la carte et jouant sous la table des haricots secs, sa main droite contre sa main gauche, madame Pistache avait manqué deux séances.

On ne l'avait pas vue de la journée.

De mémoire d'habitués, ce fait ne s'était pas produit depuis vingt années.

L'opinion générale fut que madame Pistache était morte, ou à tout le moins bien malade.

A huit heures sonnantes, Charles Dubreuil revint prendre place à la table de roulette; il était pâle, et ses yeux brûlaient. Quelque chose lui disait qu'il allait faire sauter la banque.

Tous les joueurs ont comme cela une voix qui radote au fond de leur cerveau.

Il y avait foule: Anglais, Hanovriens, Belges

et Russes, regardaient jouer Charles, et laissaient leurs billets de banque dans leurs poches.

Il ne fallut qu'une demi-heure à Charles pour réaliser la promesse de cette voix qui parlait dans son cerveau: la banque sauta; Charles avait cent mille francs.

Grande rumeur! satisfaction générale! car tout le monde est l'ennemi de cette pauvre banque, qui gagne à peine sans chance de perte son petit million tous les ans.

Le bataillon sacré des croupiers se leva, portant le râteau de la crosse en l'air en signe de défaite. On se rendit chez les fermiers pour tenir conseil et savoir si le jeu reprendrait dans la soirée.

En ces circonstances, la galerie qui reste seule dans la salle, veuve de ses autorités constituées, se livre aux plaisanteries les plus folles. On ne respecte rien, ni le bassin de la roulette, ni les casiers vides, ni les râteaux abandonnés; tant il est vrai que toutes choses, même les plus saintes, sont exposées aux profanations du vulgaire! Il se trouve là de vieux habitués ingrats qui, depuis un temps immémorial, lisent gratis le *Journal des Débats* ou le *Times* de l'établissement, et qui ne craignent pas de faire, au sujet de la déconfiture des banquiers, des charges très-indécentes. Nous citerons avec indignation M. Narcisse Héliogaillard, ancien premier violoncelle du théâtre des jeunes élèves à Nisni-Nowogorod. Le vieillard est surveillé par la police prussienne, à cause du portrait de l'empereur de toutes les Russies qu'il a sur une tabatière en cuir bouilli non ornée de diamants. A Aix-la-Chapelle, on pense qu'il fera une mauvaise fin.

Au milieu de ces saturnales de la galerie en fièvre, Charles tout seul demeurait calme. Il n'avait point quitté sa place. La foule se pressait autour de lui pour voir ce jeune héros qui avait terrassé le monstre. Il était assis devant son tas d'or, muet et morne. Quelques gouttes de sueur perlaient à ses tempes pâles; ses yeux étaient fixes et un peu fous.

A vrai dire, il était comme étourdi par son bonheur. Une seule pensée restait lucide dans sa tête toute bouleversée: *il lui fallait encore soixante mille francs!*

Et il restait, attendant le retour des champions de la banque.

Comme toujours, nombre de bonnes gens charitables vinrent à lui, et lui dirent:

— Mon cher monsieur, tenez-vous-en là, croyez-moi... La veine est sujette à tourner. Il y en eut même qui, nourris des écrivains académiques, lui parlèrent de *l'inconstance du sort.* — Si c'était moi, s'écria Héliogaillard en caressant l'empereur de Russie sur le dos de sa tabatière, j'irais faire un tour à Hombourg pour les faire enrager! — Vous allez voir, répliquèrent dix voix capables et sûres de leur fait; s'il ne s'en va pas, il va tout reperdre, tout!

Un autre chœur ajouta:

— C'est connu, on ne fait pas sauter deux fois!

Et les deux chœurs reprirent ensemble:

— Mais quand un homme est entêté, rien n'y fait!

Tous ces lieux-communs des sages de la roulette bourdonnaient autour des oreilles de Charles, et n'arrivaient pas même jusqu'à son intelligence.

Il lui fallait encore soixante mille francs: il attendait qu'on les lui apportât.

Pour tous ceux qui connaissent les établissements de jeu, la question de savoir si la banque reviendrait, ne soulevait pas l'ombre d'un doute.

Quand la banque s'est laissé prendre une grosse somme par hasard, la seule crainte est qu'on ne l'emporte. Tant que le joueur reste là, les énormes avantages de la banque la laissent bien certaine qu'elle aura sa revanche; mais une fois parti, le joueur peut profiter de l'idée d'Héliogaillard et aller faire une pointe à Hombourg ou ailleurs.

Ces conseils solennels, tenus par les fermiers, sont pour l'amusement des profanes qui se disent: „Ils y regardent à deux fois, ils ont peur!“

Comment Thersite aurait-il peur, même en face d'Achille, quand Achille est tout nu et que Thersite a des armes à l'épreuve? quand les mains d'Achille sont vides et que celles de Thersite sont pleines de foudres?

La banque n'a jamais peur; elle aime à perdre; c'est la meilleure amorce qu'elle puisse tendre au goujon voyageur.

Au bout de dix minutes environ, le bataillon sacré des croupiers, silencieux et le visage austère, déboucha par la porte principale. Cette troupe magnifique était précédée et suivie de garçons de salle portant des sacs de thalers, des sacs d'écus, des rouleaux d'or et le portefeuille.

La foule ouvrit ses rangs; il y a là toujours une certaine solennité qui rappelle le moment où les barrières s'ouvraient aux jours de la chevalerie.

On ne raillait plus. Héliogaillard, qui était flatteur comme toutes les vieilles couleuvres, serra la main du croupier en chef, et s'informa de la santé de madame.

De la meilleure foi du monde, Charles se dit:

— Voici mes soixante mille francs qui arrivent.

Il avait trouvé le temps long.

Vous jugez qu'en face de la lutte qui s'annonçait, la curiosité générale était portée au comble; ceux qui étaient assez heureux pour posséder des places autour de la table n'avaient eu garde de les quitter; les autres se pressaient à décuple long par derrière, et tâchaient de voir ou sinon d'entendre à tout le moins. Dans cette cohue, agglomérée sur un seul point, il semblait qu'un lézard n'eût pu se frayer un passage.

Charles, qui avait la tête penchée sur son trésor pour compter les cent louis de sa première mise, se disait en lui-même:

— Ce porte-malheur de madame Pistache aurait beau venir, elle ne pourrait pénétrer jusqu'à la table.

Il releva le front, et poussa son enjeu.

Sa main tressaillit, ses yeux battirent comme éblouis tout à coup; il passa le revers de ses doigts sur ses paupières.

Il croyait rêver, parce qu'il voyait devant lui, assise à sa place ordinaire, auprès du croupier, madame Pistache en personne; madame Pistache, habillée de vert des pieds à la tête, malgré les mésaventures subies le matin par son costume; madame Pistache avec ses cheveux gris frisés proprement, sa carte à piquer, ses mains pleines de haricots secs sous la table et ses petits yeux perçants fixés sur lui d'une façon si étrange que Charles se sentit frissonner jusque dans la moelle de ses os.

Par où avait-elle passé? d'où sortait-elle?

Le râteau du banquier engloba la première mise de Charles, et la boule d'ivoire tourna de nouveau.

— Voyez-vous, s'écrièrent les forts de la galerie, la chance tourne... on le lui avait dit.

Madame Pistache pointa sa carte, et sa main gauche, qui avait perdu, paya loyalement un haricot de Soissons à sa main droite, qui avait gagné.

C'est là une manière de jouer trop peu usitée; avec un quart de litre de haricots et un peu de complaisance de la part de la main qui gagne, une personne qui a ce goût modeste peut se divertir innocemment pendant toute sa vie.

Charles changea de côté; il perdit. Il perdit une fois, deux fois, dix fois, vingt fois: la rouge et la noire lui étaient également hostiles; sa montagne d'or diminuait rapidement.

La galerie répétait à satiété:

— On le lui avait dit! on le lui avait dit!

Et d'autres ajoutaient, en levant les yeux au ciel:

— Ce que c'est que la veine!... Moi, qui vous parle, j'ai vu une fois à Wiesbaden un Piémontais nommé... — On vous fait grâce de l'histoire, qui est toujours la même.

Les doigts de Charles se crispaient sur son or; la fièvre furieuse du joueur qui perd, com-

mençait à lui brûler le sang; ses paupières s'en-
flammaient, tandis que son front et ses joues
restaient livides. Il jetait de temps à autre un
regard à la petite femme verte, et si les regards
pouvaient tuer, la petite femme fût assurément
tombée morte. Mais elle ne s'en portait pas plus
mal, et son œil clair restait fixé sur le malheureux
jeune homme avec une persistance diabolique.

On commençait à remarquer cela dans la
galerie; les habiles se montraient réciproquement
Charles et la petite femme verte en échangeant
des signes d'intélligence.

— Ma parole! murmura Héliogaillard, si ce
n'était pas des bêtises!... — Hé! hé!... des
bêtises!... fit un autre vieillard. — Ma parole! ma
parole!... on est forcé de croire à ces choses-là.

Madame Pistache, imperturbable, pointa sa
carte, et risquait ses haricots. Malgré nos
recherches, nous n'avons jamais pu savoir où
elle avait trouvé ce rechange complet, exactement
pareil au costume qu'elle avait perdu le matin
dans les taillis du Lousberg. Le fait est qu'elle
avait un chapeau vert presque neuf, un châle
vert pas trop vieux, et une robe verte qui, douze
ans auparavant, n'eût pas encore été très-démo-

dée; tout cela propre, requinqué, lustré, presque faraud.

Encore, au vestiaire, y avait-il un beau parapluie vert auquel ne manquait pas une baleine.

Charles perdait sans relâche; il changeait de couleur pour tromper la veine funeste, et la veine le suivait avec un incroyable acharnement.

L'instant vint où son râteau poussa convulsivement sur le tapis les cent louis de sa dernière mise.

Chose inouïe, selon l'expression d'Héliogaillard, ancien premier violoncelle du théâtre des jeunes élèves Nisni-Nowogorod, il avait perdu cent quatre mille francs, sans gagner un seul coup, à deux mille francs l'enjeu. Ce qui faisait cinquante-deux parties de suite.

Charles se leva, le visage froid et sombre, mais les jambes chancelantes.

Un grand murmure parcourut cette foule, qui avait retenu jusqu'à son souffle pendant les dernières passes. Et dans ce murmure on put distinguer le refrain du badaud impitoyable:

— On le lui avait dit! on le lui avait dit!

Les banquiers fermèrent leurs sacs gonflés, et mirent fin à la séance.

Madame Pistache, comme d'habitude, fit le compte de ses opérations. En définitive sa main droite n'avait rien gagné à sa main gauche; la rouge et la noire avaient passé juste chacune le même nombre de fois.

Charles était dans la rue, mais la galerie ne le lâchait pas; la galerie voulait voir si Charles allait se tuer; après une séance pareille, il y avait gros à parier pour le suicide.

Il était encore de bonne heure, et un événement tragique et d'un grand secours pour passer le reste d'une soirée.

Héliogaillard tâtait de l'œil les poches du paletot de Charles.

— Je crois qu'il n'a pas de pistolet, dit-il d'un air connaisseur. — Où demeure-t-il? demanda une jeune Suissesse qui n'avait encore vu personne se brûler la cervelle.

Elle se nommait Kettly, comme toutes les nymphes de ces belles montagnes; elle avait un goître qui résistait aux eaux les plus sulfureuses.

— A l'hôtel Dremel, lui fut-il répondu.

Beaucoup de personnes des deux sexes se

promirent de rôder autour de cet hôtel, afin de guetter l'explosion.

Au détour de la rue, Charles Dubreuil se toucha le front comme un homme qui s'éveille; il jeta derrière lui un regard stupéfait sur ce cortége qui l'accompagnait dans la nuit; puis comme les premiers rangs de la foule arrivaient à le déborder, il sauta en arrière brusquement, culbuta le malheureux Héliogaillard dans le ruisseau, et prit la fuite avec l'agilité d'un cerf.

— Il est fou!... il est fou! dit-on dans la galerie. Il ne se tuera pas cette nuit!

La jeune Suissesse alla se coucher désappointée.

Charles traversa d'un trait la ville dans presque toute son étendue. Quand il s'arrêta, il était dans une petite rue étroite et sombre, qu'il ne connaissait pas. Il s'assit sur une borne, la poitrine haletante, le front baigné de sueur.

Il n'avait guère la conscience de sa situation en ce moment. Une seule idée restait debout au milieu du trouble de son esprit. C'était le souvenir de madame Pistache.

Cette idée vague et obscure comme le rêve d'un insensé, lui montrait la petite femme verte revêtuer d'un pouvoir surhumain et brisant tout à coup son bonheur comme un verre fragile; il la voyait séparée de lui par la table de jeu; c'était elle qui tenait le râteau et la boule d'ivoire; c'était elle qui dictait, d'une voix sèche et stridente, l'arrêt des chiffres inexorables. Charles la voyait à travers ses yeux fermés, à travers ses mains, qui recouvraient ses paupières en feu. Il la voyait fixant sur lui son regard étincelant et funeste. La colère lui montait au cerveau; ses doigts s'agitaient; ses ongles rayaient son front comme s'ils eussent demandé à déchirer le démon qui lui avait pris le dernier espoir de sa vie.

Dix heures sonnèrent en ce moment à l'horloge de l'église voisine; la trompe qui répète les heures du haut de la cathédrale, jeta dix fois parmi les ténèbres son appel étrange et mélancolique. Le crieur de nuit qui passait marmotta son refrain triste sous le capuchon de son manteau.

Charles releva la tête lentement, et regarda tout autour de lui.

Une forme humaine était à ses côtés. Malgré la nuit profonde qui emplissait la rue déserte, il crut reconnaître madame Pistache, et poussa un cri de fureur.

Un voile de sang couvrit sa vue.

— Allez-vous-en!... allez-vous-en! prononça-
-il d'une voix rauque et comme étranglée; allez-
vous-en! ne me tentez pas!

L'expression de sa voix était si effrayante,
qu'un homme, je dis un homme brave, eût hésité
avant d'affronter cette rage de maniaque.

Il n'y avait pas besoin de voir son visage pour
comprendre que la raison l'avait abandonné
entièrement et qu'il était capable de tout.

Au lieu de s'en aller, cependant, la petite
femme verte, car c'était bien elle, s'approcha
lentement, et lui mit la main sur l'épaule.

IV

A l'attouchement de la petite femme verte,
Charles sentit ses jambes faiblir sous le poids de
son corps. Il fit un mouvement pour la saisir
à la gorge.

Nous n'avons pas besoin de répéter qu'il
était fou.

Madame Pistache arrêta ses deux bras sans effort apparent, et Charles fut ébranlé si vite qu'elle se vit obligée de le retenir pour l'empêcher de tomber à la renverse.

— Oh! pauvre enfant! murmura-t-elle, pauvre enfant!...

Charles n'avait jamais entendu la voix de madame Pistache qu'une fois en sa vie. C'était le matin au Lousberg. Le matin, la voix de madame Pistache était railleuse et provoquante; c'était ainsi qu'il venait de se la figurer, lorsque tout à l'heure il l'entendait dans son rêve éveillé prononcer l'arrêt du destin.

Cette fois maintenant était si douce et si changée, qu'il regarda tout autour de lui pour voir si c'était bien madame Pistache qui avait parlé. Les mots prononcés n'avaient en ce moment pour lui aucun sens; c'était la voix qui l'avait frappé, la voix seule, et cette voix était descendue jusqu'au fond de son cœur.

Il courba la tête, cherchant sa pensée fugitive.

— Que vous ai-je fait, murmura-t-il d'un accent plaintif. Dites-moi ce que je vous ai fait?

La petite femme verte serra ses deux mains

glacées dans les siennes. Charles la laissa faire
d'abord, puis il se recula en frissonnant.

— Cent soixante mille francs!... pensa-t-il
tout haut. C'était Marie!... c'était le bonheur!...
Pourquoi m'avez-vous pris tout cela? Pourquoi?...

Et il répéta, en la regardant avec une sorte
de terreur:

— Que vous ai-je fait?... Dites-moi ce que je
vous ai fait?

La petite femme verte le contemplait les
larmes aux yeux.

— Oh! monsieur Charles, dit-elle après un
silence, ce n'est pas moi qui vous ai porté
malheur!

La raison de Charles faisait effort pour re-
naître. Il eut honte vaguement: c'était le premier
éclair... mais le délire combattait; il murmura
malgré lui-même:

— Si... si... je sais bien que c'est vous!... Je
vous voyais; vos yeux étaient comme deux char-
bons ardents... Et si ce n'était pas vous, pourquoi
sourire chaque fois que je perdais?... Oh! Marie!
ma pauvre Marie!

Une idée sembla le frapper tout à coup. Il

regarda en dessous la petite femme verte, qui se taisait maintenant, pensive, et murmura:

— Est-ce que vous allez m'empêcher de me tuer? — Non, répondit sans hésiter madame Pistache.

Elle sentait qu'il fallait entrer dans sa folie.

— Non! répéta Charles étonné. — Au contraire, reprit froidement la petite femme; je sais qu'il est des situations où il faut en finir avec la vie... Entendez-vous, monsieur Charles, je le sais. — J'entends, fit le jeune homme, qui était assez revenu déjà pour chercher au delà du sens naturel de ses paroles. — Cette porte où vous vous êtes arrêté, reprit madame Pistache, c'est la porte de ma maison. — Ah! murmura Charles.

Et instinctivement il se recula.

— Voulez-vous venir chez moi? demanda la petite femme après un moment d'hésitation. — Chez vous! balbutia Charles.

Elle se rapprocha de lui, et prononça tout bas:

— Chez moi il y a un pistolet.

Charles crut avoir mal entendu.

— J'ai dit un pistolet, répéta-t-elle.

Puis elle ajouta en accentuant étrangement ses paroles:

— Un pistolet qui a déjà servi à cela!

Nous savons qu'il est parfaitement facile de tourner au ridicule cette situation qui était terrible.

Dans la vie réelle, les choses vont ainsi: le drame côtoie la farce presque toujours. Ce n'est pas de l'art que nous faisons ici; nous racontons une pauvre petite histoire telle que cette histoire s'est passée à quelques pas de nous, et pour ainsi dire sous nos yeux.

Ceux qui trouveront à rire dans cette douce façon de faire une invitation en parlant d'un pistolet qui *a déjà servi à cela,* n'ont qu'à ne point se gêner.

Ce fut ainsi que madame Pistache invita Charles, et Charles accepta.

Quelques minutes après, au dernier étage d'une maison de chétive apparence dont la façade peinte en bleu verdâtre donnait sur la rue sombre où nous nous sommes arrêtés naguère, une bougie s'alluma.

En s'allumant, la bougie éclaira une chambre de peu d'étendue, proprette et meublée avec une simplicité bien voisine de l'indigence. Il y avait là un lit à rideaux de serge verte, deux chaises, une petite table et une armoire, tout cela très-vieux et susceptible d'être vendu deux ou trois thalers à peine à un marchand de bric-à-brac.

Mais au milieu de ce mobilier il y avait un objet qui frappait tout d'abord les regards et qui semblait magnifique par le contraste. C'était un tableau assez grand, entouré d'un beau cadre dont la dorure, entretenue avec soin, reluisait comme le jour où elle était sortie des mains de l'ouvrier. Ce tableau était recouvert d'un voile.

A part ce cadré, il n'y avait de remarquable dans la pauvre chambre qu'un pistolet double de taille démesurée et de forme bizarre, qui était suspendu au-dessus du poêle.

Charles ne regarda point le tableau mystérieux; il n'en fut pas de même du pistolet, qui attira tout d'abord son attention; c'était le pistolet *qui avait déjà servi à cela.*

Madame Pistache approcha une chaise, et fit signe à Charles de s'asseoir. Elle souriait, mais il y avait une certaine gravité dans son sourire; on voyait que chez elle une vague joie combattait une douleur profonde.

Charles prit place. Il cherchait maintenant à coordonner ses idées, et se demandait pourquoi il était en ce lieu à cette heure. Le grand pistolet suspendu au-dessus du poêle était à sa question une réponse muette et péremptoire.

Charles ne voyait pas assez clair dans son intelligence pour comprendre ce qu'il y avait d'absurde dans ce fait d'un homme qui monte la nuit chez une pauvre vieille femme pour se brûler la cervelle. Le fait existait; Charles l'acceptait.

Et nous pouvons en dire autant de nous-même qui racontons cette histoire. Au lieu de mentir avec vraisemblance, nous disons tout bonnement ce qui se passa.

Madame Pistache avait croisé ses deux mains sur les coins de son châle vert, et restait en contemplation devant Charles. Celui-ci avait la tête inclinée, et laissait tomber son regard à ses pieds.

— Eh bien?... dit-il en relevant le front à demi. Eh bien, Madame?...

La petite femme verte tressaillit faiblement.

— Oh! murmura-t-elle, comment n'eût-il pas été joueur, celui-là..... fils de joueur, fils de joueuse!

Charles se leva et gagna la muraille, où il prit le pistolet.

Les paroles prononcées auprès de lui n'affectaient pas soudainement son esprit comme il arrive dans l'état ordinaire. C'était d'abord un vain son : il fallait une sorte de travail indépendant de sa volonté pour que le choc se fît dans son cerveau et que la lumière en sortît. Il eut le temps de prendre le pistolet et de le considérer machinalement durant une grande minute.

— Il est bon... dit madame Pistache, qui le suivait de l'œil ; je ne le laisse jamais se rouiller.

En ce moment, les yeux de Charles brillèrent. Il traversa la chambre étroite en deux enjambées, et revint auprès de la petite femme, dont il toucha brusquement le bras.

— Qu'avez-vous dit ? prononça-t-il d'une voix étonnée ; il me semble que vous avez parlé de ma mère et de mon père ?

Or, on ne peut prétendre que cette idée de son père se présentât pour la première fois à l'esprit de Charles ; mais du moins est-il certain qu'elle lui était bien rarement venue. Sa mère, voilà la pensée qui occupait autrefois toutes les heures de rêverie ; sa mère qu'il eût tant adorée ! sa mère qu'il avait vue autrefois, il en était bien sûr, penchée comme un bon ange au-dessus de son sommeil d'enfant ! sa mère qu'il se rappelait si belle! sa mère, et c'est tout dire, sa mère inconnue qui tenait dans son cœur autant de place que Marie la bien-aimée!

Quand il eut fait sa question, il se crut fou; car d'un côté il avait la conscience de l'affaissement de ses facultés, de l'autre, il pensait: Pourquoi cette femme m'aurait-elle parlé de mon père et de ma mère?

Madame Pistache lui répondit:

Oui, monsieur Charles.... je vous ai parlé de votre père et de votre mère.

Dubreuil la regarda d'un œil ébahi; puis, saisi par une de ces naïves défiances qui prennent les petits enfans et les esprits attaqués, il murmura:

— Vous dites cela pour m'empêcher de me tuer.

Madame Pistache haussa les épaules, et montra du doigt le pistolet.

— Il est chargé... dit-elle avec un peu de rudesse dans la voix. Quand je vous aurai dit tout ce que j'ai à vous dire, monsieur Charles... je m'en irai d'ici, et je vous laisserai le maître. — Mon père!..... répéta Charles, qui cherchait le secret dans les yeux de la petite femme. Ma mère!... Est-ce que vous savez qui je suis?

Madame Pistache fit un signe de tête affirmatif.

— Vous avez connu mon père et ma mère? demanda le jeune homme impétueusement.

— Oui, répondit la petite femme.

Le pistolet glissa entre les mains de Charles, qui joignit ses mains avec force.

— Oh! dites-moi, s'écria-t-il, si j'ai encore ma mère?

La petite femme répéta son signe de tête affirmatif, et dans ce signe il y avait comme une douce et joyeuse caresse.

Elle fut obligée de soutenir Charles, dont les jambes pliaient sous le poids de son corps.

— Ma mère!... ma mère!... balbutia-t-il, plongé dans une sorte d'extase.

Il se représentait cette suave et radieuse image qui avait empli ses premiers rêves; il revoyait sa mère telle que son imagination, trompant ses souvenirs, la lui avait faite: la plus belle et la plus noble des femmes.

— Et mon père? demanda-t-il cependant par réflexion et comme pour accomplir un devoir.

— Votre père n'est plus, répondit madame Pistache, qui tout à coup devint triste.

Charles pensait à sa mère.

Il y eut un long silence.

— Monsieur Charles, reprit la petite femme d'un ton dégagé, tout ceci ne vous donne pas votre belle fiancée, et sans votre belle fiancée vous ne pouvez pas vivre; je comprends bien cela. — C'est vrai, dit Charles; et pourtant, si ma mère me disait de vivre... — Votre mère ne vous le dirait peut-être pas, monsieur Charles... Votre mère a vécu vingt ans bien malheureuse. Avant de mourir, voulez-vous connaître l'histoire de votre mère? — Si je le veux! s'écria Charles. — Écoutez-moi donc.

La petite femme verte prit une posture commode sur sa chaise, jeta un regard de côté au tableau recouvert d'un voile, et ramassa le grand pistolet double, qu'elle mit soigneusement sur son lit.

— C'était en 1825, commença-t-elle. Précisément à la place où vous avez perdu votre argent ce soir, un jeune homme et une jeune femme se mirent côte à côte... Je ne vous dirai pas le nom du jeune homme, qui était votre père...

— Pourquoi cela? demanda Charles vivement.

— Parce qu'il est mort déshonoré, répliqua la petite femme, dont la voix vibra sourde et sombre.

Mais elle reprit presque aussitôt en changeant de ton :

— La jeune femme était votre mère, et vous portez son nom. Elle s'appelait Louise Dubreuil. Votre père et votre mère étaient Français tous les deux. Charles, car il avait le même patron que vous, était parvenu de très-bonne heure au grade de capitaine de dragons, grâce à sa bravoure et à son intelligence. Il était d'une famille de gentilshommes; Louise Dubreuil était la fille d'un magistrat, et pouvait prétendre au titre d'héritière.

„J'ai pensé souvent, s'interrompit la petite femme, dont l'accent devenait rêveur et plus doux, que chaque famille a comme cela destinée. La pauvre histoire de Charles et de Louise, commencée ailleurs, eut sa première péripétie aux eaux de Spa, puis elle vint se dénouer dans la ville d'Aix-la-Chapelle.“

Charles Dubreuil écoutait de toutes ses oreilles; la nuit de son cerveau était trop grande encore pour que rien ne lui échappât dans ce récit; mais il comprenait cependant, et il comprenait davantage à mesure que le temps s'écoulait.

— Comme moi!... murmura-t-il, Marie est à

Spa, et c'est ici que je vais finir?... Oui, peut-être y a-t-il une destinée dans la famille!

Madame Pistache le regarda en souriant.

— Elle est bien belle, Marie!... dit-elle d'un ton si bas que Charles eut peine à l'entendre.

Le jeune homme tressaillit.

— Est-ce que vous la connaissez? demanda-t-il. — Elle est bien belle! répéta madame Pistache, qui hocha de la tête comme on fait pour fermer la bouche aux enfants. Nous aurons à parler d'elle, monsieur Charles, avant de nous dire adieu pour toujours...

Charles et Louise s'aimaient depuis deux ans; c'était, entre eux, une de ces belles affections qui unissent et grandissent sous l'autorité des parents: la famille de Charles et celle de Louise étaient d'accord.

„Louise avait une santé faible; elle quitta Paris avec sa mère pendant l'été de l'année 1828, et vint prendre les eaux de Spa. Charles, qui avait sollicité en vain un congé pour l'y suivre, eut le bonheur d'obtenir une mission de confiance en Allemagne.

„Je dis: le bonheur, car il faillit affoler de joie.

„Il prit sa route par Spa, et Louise fut aussi

joyeuse que lui, car elle l'aimait de toutes les forces de son âme. Elle ne l'aimait que trop, vous allez voir!

„Charles était chargé par son colonel d'opérer la remonte dans les anciens duchés. Il avait du temps devant lui, puisque cette mission supposait un voyage à travers toute la partie occidentale de la Prusse et de l'Autriche. Comme il était parti avec l'intention de séjourner le plus long-temps possible auprès de Louise, au lieu de prendre des traites de crédit qui auraient daté son passage dans les différentes villes, il avait emporté avec lui sa caisse dans son portefeuille.

„Louise et Charles se virent encore plus souvent qu'à Paris. Il y a autour de Spa, vous le savez, des environs délicieux qui invitent au roman. Les deux familles avaient décidé que Charles et Louise attendraient une année encore: les deux fous en vinrent à se dire que c'était là une tyrannie insupportable. Ils eurent envie de jouer au mystère. Eux qui pouvaient se parler et se voir à toutes les heures du jour, ils se donnèrent des rendez-vous la nuit.

„Une fois, Louise quitta Charles les yeux baignés de larmes, et Charles lui dit en l'embrassant: — Ne pleure pas, ma Louise chère, tu es ma femme devant Dieu!

„En même temps...“ Je ne vous dirais pas ces détails puérils s'il ne s'agissait de votre père et de votre mère... „En même temps le jeune capitaine tira de son sein une large pièce d'or percée au centre, et la remit à Louise en lui disant: — Ce sera notre pièce de mariage.

„Ils résolurent cette nuit-là, les enfants coupables et ingrats, de s'enfuir et de se marier en Allemagne.

„La pièce d'or que le capitaine avait donnée à Louise était une quadruple pistole d'Espagne. Charles ne pouvait remettre à la jeune fille un objet qui fût plus sacré, car cette pièce d'or était le dernier adieu de son père mourant.

„Le père de Charles avait été tué, en effet, de l'autre côté de Badajoz, dans les dernières guerres de l'empire. N'ayant rien qui pût servir de message à sa dernière heure, il piqua la quadruple pistole avec la pointe d'un couteau catalan, et la remit à un compagnon d'armes, avec prière de la faire tenir à sa veuve. Cela valait tous les serments du monde. Dès ce

moment, Charles se regarda comme l'époux de
Louise Dubreuil.

„Ce qui arriva fut peut-être un châtiment
infligé par Dieu à l'impatience de ces enfants
égarés. Ce fut un châtiment cruel.

„La nuit du lendemain était fixée pour le
départ. Charles vint au rendez-vous les habits
en désordre et souillés de sang; il était minuit
environ. Louise et sa mère demeuraient en
dehors de la ville; dans la campagne déserte,
Charles avait été attaqué; malgré sa résistance,
on l'avait dépouillé de son portefeuille, qui contenait les fonds du gouvernement.

„Charles n'avait qu'une fortune très-modique;
il se trouvait en faute, puisque Spa n'était pas
sur son itinéraire.

— „Ma pauvre Louise, dit-il, après avoir
raconté les faits à sa fiancée, il ne s'agit plus de
partir. Je vais retourner en France, et me mettre
à la disposition de mon colonel.

„Louise fut frappée comme d'un coup de
foudre. En ce moment l'idée de sa faute surgit
en elle avec une violence terrible; elle se vit
perdue sans ressource. Non pas qu'elle doutât
de Charles; elle eût douté plutôt de son propre

cœur; mais elle connaissait vaguement les rigueurs
excessives de la loi militaire. Peut-être s'exagé-
rait-elle les dangers de Charles. Ce qui est certain,
c'est qu'elle se dit: — S'il me quitte, je ne le
reverrai jamais!

„Elle jeta ses deux bras autour du cou du
jeune capitaine; elle s'attacha à lui en pleurant.

— „Je t'en prie! je t'en prie! balbutiait-elle à
travers ses sanglots, ne m'abandonne pas. Si tu
pars, demain je serai morte!

— Plût à Dieu que Charles fût parti et que
Louise fût morte!...

Madame Pistache s'arrêta, parce que sa voix
s'étouffait dans sa gorge. Dubreuil suivait maintenant le récit avec une attention profonde et pleine
d'angoisses. Non-seulement il était redevenu lui-
même, mais la réaction se faisant pour un instant,
il avait oublié les événements de la nuit et jusqu'à
l'image de Marie.

Son père et sa mère! tout son être se con-
centrait en cette double pensée.

Il écoutait, pâle et triste, sachant d'avance
que le drame aboutissait à une catastrophe funeste.
Il écoutait l'amertume au cœur et le frisson dans
les os.

— Monsieur Charles, reprit la petite femme brusquement, il y a des choses bien étranges!

„Louise Dubreuil était une jeune fille du beau monde, du monde élégant, du monde intolérant, du monde dédaigneux; Louise Dubreuil avait fait une faute, c'est vrai, mais sa faute n'était que de la veille. Et pourtant, entre Louise Dubreuil, la jeune fille à l'éducation sévère, et le capitaine de cavalerie, rompu aux mœurs de garnison, ce fut Louise qui eut l'idée virile, l'idée aventureuse, l'idée qui ne vient qu'à l'ignorance ou à l'expérience trop complète.“

— Je vous jure, monsieur Charles, que chez Louise ce fut ignorance pure, à moins qu'il ne faille supposer une de ces prédestinations qui déjouent tous calculs et brisent toutes barrières.

Louise cessa de pleurer soudain, mit ses deux mains sur les épaules de Charles, qu'elle regarda en face, et lui dit:

— J'ai mes diamants... partons... Tu joueras... tu gagneras... et ton colonel ne saura même pas qu'il t'est arrivé malheur.

Charles la contempla stupéfait.

Pourquoi cette pensée de jeu? Mais Charles

était joueur, bien qu'il ne l'eût jamais avoué à Louise.

Ils montèrent tous les deux en chaise de poste, et arrivèrent le matin même à Aix-la-Chapelle.

Charles voulut aller au jeu tout seul; Louise le suivit presque malgré lui...

Elle disait:

— Je te porterai bonheur.

C'était un prétexte. En réalité, un attrait violent, irrésistible, l'attirait vers cette maison où l'honneur et le bonheur de Charles, son honneur et son bonheur à elle, allaient se jouer en une seule partie.

— Je vous l'ai dit, monsieur Charles, votre père et votre mère s'assirent à la place même où vous avez perdu votre argent ce soir. Comme vous avez gagné d'abord, ils gagnèrent. Louise éprouvait avec une véhémence prodigieuse les émotions du jeu. Louise suivait la chance avec fièvre, avec délire. Elle sentait bien déjà qu'elle était joueuse, joueuse passionnée, joueuse effrénée. — Mais qui vous a dit cela, à vous? interrompit Charles Dubreuil, qui souffrait à entendre ces épithètes fâcheuses accolées au nom de sa mère.

La petite femme verte le piqua de son regard aigu et rapide, où brillait en ce moment une flamme extraordinaire.

— C'est Louise qui me l'a dit, répondit-elle. Taisez-vous, monsieur Charles, et laissez-moi poursuivre.

„Dans la salle où se tient maintenant la roulette, il y avait des jeux particuliers. Charles et Louise étaient à une table d'écarté, où l'on jouait de très-grosses sommes. Au moment où la veine se déclarait pour eux avec le plus de force, un homme entra dans la salle. Il était grand, maigre et pâle; son visage affectait avec une sorte de brutalité le type américain.

„Il s'assit en face de Louise, et Louise eut un frémissement dans toutes ses veines; elle voyait sortir de la poche de sa redingote la crosse large et recourbée d'un pistolet.

Le regard de Charles Dubreuil chercha le grand pistolet qui était sur le lit. A cette question muette, madame Pistache répondit par un signe de tête affirmatif et grave.

„Louise entendit les habitués du lieu, reprit-elle, appeler cet homme Bobby Jobson; l'harmonie de ce nom la blessa comme la vue de l'homme lui-même l'avait blessée.

„Quelqu'un ayant demandé à Bobby Jobson des nouvelles de sa santé, il répondit:

— „Si je gagne, je me porterai bien... si je perds...

Il n'acheva pas; mais Louise le vit toucher sous le revers de sa redingote les canons du grand pistolet.

„Elle eut alors comme un éblouissement. La possibilité de parer à un malheur suprême lui sauta aux yeux en quelque sorte. Entendez-vous, monsieur Charles, la jeune fille d'hier, si pure et si saintement ignorante!

„Mais il y avait un monceau d'or devant le capitaine, et Louise se prit à sourire en se disant: — Je suis folle!

„L'Américain mit au jeu, il gagna. Qu'importent les détails de cette lutte, qui ressemble à toutes les batailles livrées autour du tapis vert? Une montagne d'or s'élevait peu à peu devant l'Américain; il n'y avait au contraire presque plus rien devant Charles.

„Des bruits bourdonnaient dans les oreilles

de Louise; ses yeux aveuglés voyaient du feu dans l'or.

„— Tout est fini!... dit le capitaine, qui venait de perdre son dernier enjeu.

„Il se leva; Louise restait là, stupide et comme pétrifiée.

„Charles passa ses doigts dans ses cheveux ruisselants de sueur. L'Americain Bobby Jobson, qui venait de lui gagner trois mille louis pour le moins, le regarda un instant avec une attention froide, puis il prit le pistolet double caché sous le revers de sa redingote, et le lui tendit en disant:

„— Je l'avais apporté pour moi.

„Charles rougit, et se redressa; mais Louise, plus prompte que l'éclair, saisit le pistolet par les canons, l'arracha des mains de Bobby, et se jeta hors de la salle.

„Une heure après, dans une chambre de l'hôtel Dremel — dans votre chambre à coucher, monsieur Charles — deux coups de pistolet retentirent.

„Votre mère tomba mourante sur le cadavre de votre père...“

Le jour se levait derrière les carreaux étroits

de la petite fenêtre, la lumière de la bougie pâlissait, Charles restait sans parole devant madame Pistache, qui était blême comme une morte, et qui avait les yeux hagards.

Elle se leva et traversa la chambre d'un pas chancelant; sa main crispée s'accrocha au voile qui couvrait le cadre, et le déchira convulsivement.

— Votre père!.... dit-elle.

Charles se souleva et retomba sur sa chaise.

Le portrait représentait un homme tout jeune encore, revêtu de l'uniforme de capitaine des dragons français de la Restauration.

— Il avait le même âge que moi, murmura Charles. — Oui... le même âge que vous. Mais ma mère! s'écria le jeune homme, vous m'aviez dit que ma mère n'était pas morte!

Madame Pistache devint plus pâle, encore, s'il est possible, et sa figure exprima une terreur soudaine. Vous eussiez dit qu'elle allait subir une grande et redoutable épreuve.

Elle tira de son sein une petite bourse de soie verte; dans cette bourse elle prit une pièce de monnaie, qu'elle pressa contre ses lèvres avec une sorte de respect pieux.

— Charles, dit-elle, supprimant pour la première fois le mot monsieur, voici la pièce d'or que le père de ton père envoya à sa femme en mourant. — Et comment l'avez-vous?... demanda Charles d'une voix tremblante.

Deux grosses larmes roulèrent sur les joues de madame Pistache.

— Pauvre enfant!... murmura-t-elle avec une tristesse déchirante. Oh! pauvre enfant, tu fais ce que tu peux pour ne pas deviner... Tu ne veux pas que je sois ta mère?

Elle se couvrit le visage de ses mains, et tomba sur sa chaise de paille en laissant éclater ses sanglots.

Nous devons le dire à la louange de Charles, qui était un digne et brave cœur, il n'avait réellement pas deviné. Il se précipita sur sa mère, et l'enleva dans ses bras avec une franche et joyeuse tendresse.

Non, il ne faut pas réfléchir quand on retrouve sa mère; il ne faut pas se dire: j'aurais mieux aimé que ma mère eût été ceci ou cela. Il faut se dire: Celle-là est ma mère! et pleurer de bonheur en la pressant contre sa poitrine.

Et pourtant, sans être cependant un scélérat,

plus d'un aurait pu reculer devant cette pauvre petite bonne femme qui était la fable de toute une ville, et qui étalait sans façon sa manie burlesque, trois fois par jour, au vu et au su d'Aix-la-Chapelle entier.

Charles surtout, à qui ses rêves avaient montré sa mère si belle et si vénérée!

Je vous le dis, Charles embrassa la pauvre madame Pistache à pleines mains, et comme il eût embrassé le plus noble de tous ses rêves; sa mère qui était là, sa vieille mère, si malheureuse, tranchons le mot, si misérable, il l'aima mieux mille fois que la mère heureuse et fière, œuvre de ses illusions ou de son souvenir.

— Ah! c'était pour cela que tu me suivais!... s'écria-t-il en riant et en pleurant. Hier matin encore, sous le grand orage... tu voulais m'empêcher de me battre... Je te rencontrais partout et toujours... ma mère, ma pauvre mère chérie!

La petite femme verte avait séché ses larmes; elle regardait son fils avec des yeux ébahis tout pleins d'une allégresse sans bornes, où se mêlait un reste d'inquiétude. Elle n'osait pas en croire ses oreilles; elle avait beau entendre ce beau jeune homme l'appeler sa mère et sentir ses baisers sur son front; elle se demandait encore si c'était bien possible!

Si c'était bien possible à elle, madame Pistache, qu'il ne détournât pas d'elle ses regards avec honte! Non pas encore tant pour sa faute, car le crime s'expie, que pour ce ridicule écrasant dont elle s'était affublée comme à plaisir.

Toute folle qu'elle était à moitié, la petite femme verte connaissait son monde sur le bout du doigt, et ceux qui connaissent le monde savent que le ridicule est indélébile.

Quand elle fut bien sûre qu'elle avait un fils, un vrai fils, qui l'aimait comme elle était et qui l'embrassait de tout son cœur, elle prit le courage de lui rendre ses baisers avec usure.

— Ah! Charles! mon Charles! dit-elle en savourant cette joie immense qu'il faut renoncer à peindre, je ne t'aurais jamais dit cela, si tu n'avais pas voulu te tuer.

Elle sentit la main de son fils qui devenait froide dans les siennes.

— C'est vrai, murmura-t-il; j'avais presque oublié mon malheur. — Oh! oh! s'écria la petite femme, qui semblait vouloir modérer son accent de triomphe, nous allons y venir à votre malheur, monsieur Charles. Dis-moi une bonne fois que tu m'aimes bien... mais là, bien, comme si j'étais une femme ordinaire... et puis nous parlerons de choses sérieuses. — Je ne connais point de femmes que je puisse aimer autant que vous, ma mère, répondit Charles. — Bien vrai?

Charles l'attira contre lui dans un baiser.

—Alors, écoute, reprit-elle en restant appuyée contre sa poitrine, tu me demandais tout à l'heure si je connaissais Marie... ta belle Marie?... Est-ce que je puis être étrangère à rien de ce que tu aimes?... Oui, oui, je connais Marie.... j'ai été à Spa exprès pour la voir... la chère enfant! que Dieu lui donne tous les bonheurs!... je sais son histoire... votre histoire à tous les deux... Et si je n'étais pas si pauvre...

— Mais tu ne sais pas, s'interrompit-elle; je ne t'ai pas achevé mon récit.

Elle souleva d'un geste brusque et rapide les mèches de ses cheveux blancs, plus fins que de la soie. Une large cicatrice, qui sillonnait la tempe et le crâne, apparut aux yeux de Charles Dubreuil.

— Ton pauvre père voulut partir le premier, dit-elle; moi, je n'avais jamais touché de pistolet, je m'y pris mal sans doute. Je fus trois mois entre la vie et la mort. La première fois que je me regardai dans une glace, mes cheveux étaient tout blancs, comme tu les vois aujourd'hui... C'est mon deuil de veuve, et je le porterai jusqu'à ma dernière heure. — Trois ans après ta naissance, mes parents moururent; ils m'avaient déshéritée: c'était juste. La part que la loi assure à l'enfant, je la plaçai à fonds perdus, et j'en retirai un revenu de dix mille six cents francs, dix mille francs pour toi, six cents francs pour moi. — Excellente et chère mère! interrompit Charles. — Voilà le malheur, reprit madame Pistache. Nous ne pouvons rien faire de cette rente pour ton mariage... Mais nous n'en aurons pas besoin...

Ses yeux eurent tout à coup une expression de triomphe, et elle caressa doucement les mains de Charles.

— C'est aujourd'hui vendredi, prononça-t-elle avec mystère. Bobby Jobson joue tous les vendredis... et il me doit une terrible revanche... Sois tranquille, mon petit Charles..... Le soir tu auras de quoi épouser Marie.

V

Charles Dubreuil regarda madame Pistache avec un certain effroi. Depuis qu'il la savait sa mère, il ne voulait plus voir en elle une folle. Mais la petite femme ne comprit point ce qui se passait dans la tête et dans le cœur de son fils; elle poursuivit avec une volubilité croissante :

— Tu n'as pas remarqué cela, toi, Charles?... Bobby Jobson disparaît tous les vendredis... Il prend le premier convoi de Cologne, et s'arrange pour arriver à Hombourg dans l'après-midi... Il joue, il gagne, car il est heureux à miracle... et puis il revient ici se cacher par le beau soleil et courir par la pluie.

Elle hocha la tête d'un air d'importance.

— Il a raison, fit-elle gravement, on ne peut pas dire le contraire... Pour ceux qui veulent jouer sérieusement, Aix-la-Chapelle est un pauvre pays... Parlez-moi de Hombourg, où la banque tient tout et ne prend point et vacances! — Ma mère, voulut interrompre Charles, si nous parlions de notre position à tous... — Et que faisons-nous donc? s'écria vivement la petite femme verte. Ah!

les enfants n'aiment pas à s'entretenir longtemps
d'affaires... Je vais abréger, mon petit Charles,
mais du moins écoute-moi comme il faut.

Elle lui fit un signe de caressante menace, et
mit un doigt au-devant de ses lèvres, comme les
professeurs qui réclament l'attention.

— Je te disais donc, reprit-elle, que la maison
d'Aix ne vaut rien... Arrêter le jeu à deux mille
francs, c'est tout bonnement voler l'argent des
joueurs... En outre, pour ce qui nous concerne,
nous ne pourrions jamais arriver à la grosse
somme dont tu as besoin... Moi qui gagne toujours... moi qui ne peux plus perdre, c'est tout
au plus si je parviens à faire, dans les trois séances, dix, quinze, dix-huit mille francs... vingt
mille francs par impossible. — Et vous jouez
tous les jours? demanda Charles, qui se laissait
aller malgré lui à prendre au sérieux les paroles
de sa mère. — Tous les jours, répliqua madame
Pistache.

Mais elle ajouta presque aussitôt, en puisant
dans la poche de sa robe verte une pleine poignée
de haricots secs:

— Seulement je n'en suis pas plus riche, et
je ne ruine pas la banque.

Charles ne put s'empêcher de sourire.

— Enfant, reprit madame Pistache avec un soudain retour de tristesse, je suis joueuse, je te l'ai dit... mais je n'ai jamais joué d'argent qu'une seule fois en ma vie. Je vais m'asseoir tous les jours dans cette maison maudite, à la place où j'ai vu le dernier sourire de mon Charles bien-aimé. Va! j'ai vu passer dans cette salle bien des joies folles et bien des désespoirs amers.... Je regarde vivre les autres, moi qui depuis vingt années ne vis plus que dans mon souvenir!... Dans ma tête, il y a quelque chose de dérangé, je le sens bien... mais pas grand' chose, car je me sens moins folle que les trois quarts des autres fous qui passent pour sages... Pardonne-moi, mon petit Charles... c'est la première et la dernière fois que je me plaindrai devant toi de la cause de ma pauvre manie. Tiens!..... s'interrompit-elle tout à coup avec pétulance en faisant lever son fils de force, vois, mais vois donc comme tu lui ressembles!

Elle avait poussé Charles devant le portrait du capitaine, et lui mettait un miroir entre les mains.

Avant que Charles eût le temps de se regarder

la pensée inconstante de la petite femme avait viré sur son pivot.

— J'étais jolie... murmura-t-elle. Dans la pension où tu étais, à Namur, les maîtres disaient que tu me ressemblais aussi. Mais que de bavardages! s'écria-t-elle; mon pauvre Charles, il y a si longtemps que je suis habituée à parler toute seule! — Si vous ne vous étiez pas cachée de moi, ma mère, dit Charles avec un doux reproche, vous n'auriez pas été ainsi toute seule sur la terre. — Merci!... fit madame Pistache les larmes aux yeux; mon Charles, tu as bon cœur, et je n'espérais pas tant... Mais songe donc... monsieur le baron, monsieur le vicomte, monsieur le marquis... que sais-je, moi?... Depuis que vous avez une république en France, tous les Français sont gentilshommes... Que diraient-ils, grand Dieu! tous les beaux seigneurs que tu connais et que tu fréquentes, s'ils savaient le nom de ta mère?

— Entre ma mère et ces gens-là, repartit Charles, avez-vous pu croire que j'hésiterais un instant?

La petite femme lui jeta ses deux bras autour du cou.

— Merci, répéta-t-elle. Si tu savais comme

c'est bon, la joie, quand on est restée vingt ans glacée et engourdie!... Mais je ne veux pas que tu aies à balancer, comme tu dis, entre moi et personne... Tous les indifférents, c'est le monde... les rapports qu'on noue avec eux, c'est la vie.... Je me souviens d'avoir été femme... Vis, mon Charles, et laisse-moi morte... On ne ressuscite pas!

Charles ne savait que répondre. Il était confondu devant cette raison haute et lucide qui poussait en quelque sorte ses rejetons vivaces dans le néant de cette intelligence perdue; car madame Pistache ne lui laissa pas le temps de croire qu'elle revenait à la sagesse vulgaire.

— Nous n'avons plus qu'une heure d'ici au premier convoi, dit-elle en regardant le jour grandissant. — Eh! que nous importe le premier convoi, ma mère? demanda Charles. — Mais tu ne m'as pas donc pas comprise? s'écria la petite femme avec impatience. Je t'ai pourtant bien expliqué que tous les vendredis Bobby Jobson se rend à Hombourg par le premier convoi.... Il est évident, ce me semble, que si nous voulons gagner cent soixante mille francs aujourd'hui à Bobby Jobson, il faut d'abord le suivre.

C'était clair.

Charles baissa la tête sous le poids de ce sentiment pénible qui ne prenait chaque fois que sa mère perdait plante et se noyait dans son extravagance chronique.

— Cent soixante mille francs! répéta-t-il tout bas. — Voilà une belle affaire! dit madame Pistache en riant. A Hombourg, mon petit Charles, on ne fait de cela qu'une bouchée. — Ah! se reprit-elle en détournant les yeux pour jeter au portrait du capitaine un regard furtif et plein de regret, si j'avais eu en ce temps-là l'expérience que je possède aujourd'hui!... Si j'avais su ce que vaut une *pièce de bonheur*, mon pauvre Charles serait maintenant général, pour le moins... Mais j'étais si jeune!

Elle posa la quadruple pistole sur la table, à plat et avec bruit.

—La première fois qu'on joue avec cela, prononça-t-elle d'un ton sentencieux et solennel, on gagne à coup sûr, et l'on gagne tout ce qu'on veut!

Que répondre? Charles garda le silence.

— Et ce ne sera pas long, va! reprit la petite femme verte. Je n'en veux pas aux fermiers de Hombourg, moi... C'est Bobby Jobson qui nous a tués, ton père et moi... C'est Bobby Jobson qui doit payer ton bonheur! — Je le connais, s'interrompit-elle avec une admiration de métier. C'est un joueur de premier ordre... Il n'y a pas à lui ôter cela!... Une martingale hardie, obstinée, indomptable!... Aussi, dès que je vais le tenir, suis-nous bien, et tu verras... Sa première mise est toujours de cinquante francs... Je pose ma *pièce de bonheur* contre lui, et je tiens cinquante francs dessus... Au treizième coup, note bien ce nombre, j'ai deux cent vingt-quatre mille huit cent francs...

— Mais nous n'aurons pas besoin de tout cela, ma mère, dit Charles, qui, par complaisance, entrait dans son idée. — Ah! mon enfant, repartit madame Pistache, la martingale ne connaît pas les fractions... Il faut s'arrêter à cent douze mille quatre cents francs (et cela ne me suffit pas), ou marcher jusqu'à deux cent vingt-quatre mille.

— Eh! mon Dieu! ajouta-t-elle bonnement, ne t'embarrasse pas de cela, mon petit Charles... Tu auras bien besoin de quelque argent comptant pour ta corbeille. — C'est juste... dit Charles, qui ne put retenir un sourire.

Madame Pistache ne vit point ce sourire, occupée déjà qu'elle était aux préparatifs du départ.

En outre de sa panoplie verte, que nous lui avons vue la veille au Lousberg, elle prit un beau grand cabas vert, où elle mit quelques menues provisions et le pistolet à deux coups.

— Ma mère, dit Charles en la voyant déterminée à partir, je vous suis bien reconnaissant de l'effort que vous allez tenter en ma faveur... Mais, croyez-moi, il est déjà trop tard; le terme suprême est échu d'hier au soir... Ce matin, à l'heure où nous sommes, le contrat de Marie et de M. Monner de Saint-Valéry doit être signé.— , Oh! la bonne tête!... s'écria madame Pistache en éclatant de rire. Je le connais ton Monner... j'avais un prétendant tout pareil, qui faisait aussi des affaires à la Bourse, et qui s'appelait Mareau de Saint-Philibert... Toutes les jeunes filles de ma connaissance en avaient chacune un... Sois tranquille, ces messieurs courtisent toujours, et n'épousent jamais... D'ailleurs, reprit-elle en changeant de ton, j'ai quelque chose de mieux pour te rassurer, mon petit Charles... Si je suis venue si tard hier soir à la maison de jeu, c'est que j'avais fait ma correspondance.

Elle sourit d'un air malicieux. Et certes, vous eussiez cherché longtemps avant de trouver un sourire plus intelligent et mieux rempli de fines délicatesses.

— Quelque chose me disait que tu jouerais et que tu perdrais, poursuivit-elle; et comme j'avais toute prête ma suprême ressource, j'ai écrit à notre belle Marie que dans deux jours tu viendrais réclamer sa parole et remplir la condition exigée par son père.

Jamais un condamné ne refusa deux jours de répit. Charles ne fit plus d'objections.

Une demi-heure après, sa mère et lui prenaient le chemin de fer de Cologne, et montaient dans le même wagon que Bobby Jobson, qui était d'humeur bien mélancolique, parce qu'il faisait assez beau temps.

Madame Pistache supporta sans se plaindre l'atroce odeur de caoutchouc exhalée par l'Américain. Les regards qu'elle jetait de temps à autre à ce malheureux gentleman pourraient se comparer aux œillades mortelles que l'épervier darde à la colombe.

Bobby Jobson ne s'en inquiétait point; il étudiait le plan de sa roulette, et s'il eût fait seulement quelque bonne petite averse ou même un peu de brouillard, vous auriez vu Bobby Jobson se dérider

8*

avec la grâce aimable d'un Américain en belle humeur.

Quant à Charles Dubreuil, il serait trop long de vous dire toutes les pensées qui se heurtaient dans son cerveau. Sa situation n'était assurément pas meilleure qu'avant de rencontrer sa mère; seulement il n'avait plus la ressource du suicide; car, nous le répétons encore une fois, Charles était un digne cœur et une généreuse nature; il comprenait désormais il avait de nouveaux devoirs à remplir; il sentait qu'il y aurait lâcheté à déserter le poste que la Providence venait de lui assigner inopinément auprès de cette pauvre femme si malheureuse et si dévouée, qui était sa mère.

S'il n'était pas maintenant trop tard, nous dirions comme le poëte: „Chantons de plus grandes choses;" et nous verrions à relever notre style pour célébrer dignement ce lieu respectable que l'on nomme Hombourg. Les édiles d'Aix-la-Chapelle ont eu beau faire, sous prétexte du soufre contenu en dissolution dans leurs eaux, ils n'ont pu bâtir à dame Fortune qu'une église bien modeste, ou plutôt, tranchons le mot, qu'une simple bicoque.

Mais les juifs de Francfort ont édifié à la

-déesse aveugle une véritable et somptueuse basilique.

Chantons de plus grandes choses! il est vrai que la vieille cité de Charlemagne est illustre entre toutes, et que Hombourg, né d'hier, n'a point d'histoire; mais au jour où nous sommes, qu'importent les souvenirs?

Pour les cités comme pour les gens, un blason n'est bon désormais qu'à jeter au grenier.

Chantons de plus grandes choses! Charlemagne n'a rien de commun avec la roulette et le trente-et-quarante.

Laissons là les gloires moisies, et parlons des splendeurs de notre âge.

Hombourg est une capitale; cette capitale ne possède pas beaucoup d'habitants; mais durant quelques siècles encore, la qualité l'emportera sur la quantité. Et Dieu sait que la qualité des habitants de Hombourg est absolument supérieure!

Figurez-vous une crème levée avec soin sur les quatre parties du monde; figurez-vous un bataillon sacré, une élite, un choix fait par le hasard intelligent.

Paris et Londres n'ont que le reste de Hombourg.

C'est là que M. le marquis d'Argos a marqué son quartier-général. C'est là le domicile politique du fameux colonel Pélopidas, qui invente les cartes ioniennes. La Grèce entière se retrouve dans ce pays heureux.

Et tout à côté de ces illustrations un peu tarées vous voyez passer de grands noms, des noms sincères, des gentilshommes qui continuent dans le sport la réputation que leurs aïeux ont ébauchée aux croisades.

Allez à Hombourg pour trouver, s'il y en a, les descendants de Tancrède et de Godefroy de Bouillon; allez-y pour trouver *la lionne*, si la lionne existe. Ce que vous y trouverez à coup sûr, c'est la danseuse en passe d'épouser plusieurs rois, et cette jeune miss aussi belle qu'ennuyeuse, et qui, depuis le temps de l'immortel Richardson, devient toujours la femme d'un lord libertin et d'un fabuleux prince d'Italie.

On est si habitué dans cette ville de Hombourg à voir débarquer des illustrations en tout genre, que l'arrivée du Grand-Turc en personne y ferait assez petite sensation. Hombourg sait bien que tout personnage célèbre doit le venir visiter quelque jour; en conséquence, Hombourg s'attend à tout et ne s'étonne de rien.

Et cependant, nous sommes fiers de le constater, une certainè émotion se répandit dans les hôtels meublés qui constituent exclusivement cette cité de louage, lorsqu'on apprit que madame Pistache était descendue d'omnibus.

Madame Pistache était connue à Hombourg presque autant qu'à Aix-la-Chapelle; car cette population de joueurs et de paresseux qui encombre les villes garnies est une, et forme un noyau homogène.

On va d'un tripot à l'autre pour passer le temps, ou même pour rompre la veine. Quiconque est célèbre à une source quelconque, peut se vanter d'avoir un nom au bord dè toutes les fontaines qui distillent la rouille ou qui puent le soufre.

Bobby Jobson aussi eut l'honneur d'être reconnu dès son arrivée; on l'appelait l'homme du vendredi. L'homme du vendredi et la petite femme verte, arrivant par le même omnibus, promettaient une bonne séance à la salle de jeu.

Le pauvre Charles Dubreuil n'avait point compté

sur cette popularité qui suivait sa mère si loin
d'Aix-la-Chapelle; bien au contraire, il avait espéré
la voir se perdre dans la foule des joueurs, et
passer, au moins pour cette fois, complétement
inaperçue.

Dès les premiers pas, il vit qu'il s'était trompé.
Ce qui lui restait de courage s'en alla. S'il se fût
trouvé en face d'insultes positives dirigées contre
sa mère, Charles aurait été à son aise, car il était
brave, et il avait accepté sérieusement du premier
coup l'amertume de sa nouvelle situation; mais
personne ne songeait à insulter madame Pistache.
On souriait tout doucement sur son passage avec
une bienveillante pitié; c'était comme une de ces
curiosités vivantes qui excitent la surprise et un
peu la compassion.

Charles baissait les yeux le long de la route,
mais il ne pouvait se boucher les oreilles, et in-
cessamment il entendait ce nom qui maintenant
le blessait au cœur: Madame Pistache! madame
Pistache!

La petite femme verte allait d'un pas solide et
ferme; elle s'appuyait fièrement sur les bras de
son fils, et couvrait les badauds de son regard
tranquille.

Une fois elle releva les yeux sur Charles, qui était pâle et tout défait.

Elle sourit avec mélancolie.

— Pauvre enfant! murmura-t-elle, je conçois ta peine; mais ce n'est qu'une heure à passer.

Charles se redressa comme s'il eût senti dans cette parole un reproche poignant.

— Je ne souffre pas, ma mère, dit-il.

Madame Pistache serra son bras contre son cœur.

— Tu fais ce que tu peux... pauvre enfant! murmura-t-elle encore.

Quand ils arrivèrent dans les salles de jeu, Bobby Jobson y était déjà. Infidèle à ses habitudes ordinaires, l'Américain venait de s'asseoir à une table de trente-et-quarante.

— Tiens! tiens! fit madame Pistache, je préfère cela. Nous jouâmes avec des cartes il y a vingt-deux ans. Je prendrai ma revanche avec des cartes.

On disait autour de la table:

— Voilà l'homme du vendredi qui vient faire un peu sauter la banque.

Bobby Jobson entendait cela, et se gourmait

orgueilleusement entre les cols de sa chemise, raide comme des feuilles de ferblanc.

Autour de la table, on se disait encore, en montrant madame Pistache aux profanes:

— Vous voyez bien cette petite femme? elle a son vaste cabas vert tout plein de haricots secs... Il n'y a pas de place, mais elle va trouver où s'asseoir; regardez-la bien piquer la carte et faire jouer sa main droite contre sa main gauche.

Madame Pistache trouva où s'asseoir, en effet, et cela juste en face de Bobby Jobson; elle posa son cabas vert devant elle sur le tapis; chacun put remarquer que son cabas rendit un son tout autre qu'on n'aurait dû l'attendre d'un cabas plein de haricots secs.

Elle s'installa, prit ses aises en véritable habituée, et pointa sur une carte neuve la noire et la couleur qui venait de gagner.

Bobby Jobson fit comme elle. Pendant une demi-douzaine de coups, il attendit la série; enfin il poussa dix pièces de cinq francs sur la rouge, et mit son portefeuille ouvert devant lui.

Une vingtaine de joueurs superstitieux, qui avaient foi en la chance de l'homme du vendredi, couvrirent de leurs mises le compartiment où était l'enjeu de Jobson.

Madame Pistache tira de sa poche une petite bourse en soie verte, et déposa sur la noire sa quadruple pistole d'Espagne.

Il y eut un véritable mouvement autour de la table. De mémoire de joueur, personne n'avait jamais vu la petite femme risquer seulement un tiers de thaler.

Sa main sèche et ridée resta un instant immobile, couvrant la quadruple, puis elle la retira brusquement, et dit d'une voix claire :

— Cinquante francs sur la pièce.

— Bobby Jobson prit son binocle, regarda la pistole avec attention, et devint rouge jusque derrière les oreilles.

La petite femme lui lança une œillade railleuse, et se renversant sur le dossier de sa chaise :

— Votre servante, monsieur Léonard, dit-elle poliment au croupier qui était à côté d'elle; vous nous avez donc quitté à la banque d'Aix? Je viens vous prendre deux cent vingt-quatre mille francs dont j'ai besoin. — A la bonne heure, ma chère dame! répliqua le croupier en étouffant un éclat de rire; c'est bien la moindre des choses! — Rouge perd, couleur gagne! dit le banquier qui taillait; faites votre jeu, Messieurs.

En même temps son râteau se mit en mouvement pour pousser à madame Pistache deux pièces de vingt francs et une pièce de dix francs de Belgique.

Mais la petite femme l'arrêta d'un geste familier.

— Bien le bonjour, monsieur Lavaux, dit-elle: si cela vous est égal, je préfère cet argent.

Elle montrait de son doigt, pointu comme un poignard, l'enjeu de Bobby Johson.

M. Lavaux s'inclina, et lui poussa les dix pièces de cinq francs. Les oreilles de l'Américain devinrent blêmes; il suivit du binocle son argent qui s'en allait, et ses doigts eurent un petit tressaillement nerveux.

Madame Pistache eut peur, car elle crut qu'il allait quitter le jeu; mais, après une seconde d'hésitation, l'Américain prit un billet de cent francs dans son portefeuille, et le plaça sur la rouge.

— Cent francs à la massé! dit la petite femme verte.

Le croupier Léonard se pencha à son oreille et lui dit en souriant:

— Ma bonne dame, il ne vous faut plus que douze petits coups comme cela. — Quinze, mon cher monsieur, répondit madame Pistache avec simplicité; il y aura deux *refaits*.

Le croupier la regarda stupéfait.

— C'est mon petit doigt qui m'a dit ces choses-là, ajouta madame Pistache.

Le banquier Lavaux proclama:

— Rouge perd, et la couleur gagne!

Bobby Jobson attira un billet de deux cents francs, et madame Pistache, après avoir fait signe à son ami Lavaux de la payer encore avec la mise de l'Américain, dit, sans quitter sa posture indolente:

— Deux cents francs à la masse!

La noire passa six fois; au septième coup, madame Pistache donna une petite tape affectueuse sur l'épaule du croupier Léonard, et lui dit:

— Mon cher monsieur, ayez l'obligeance de me prêter votre râteau; je crois que nous allons avoir un refait.

Elle attira devant elle sa masse, qui était de quinze cent cinquante francs, plus sa quadruple pistole.

— Trente-et-un! dit le banquier après avoir compté le jeu de la noire.

Léonard dressa l'oreille, et se recula d'instinct comme s'il se fût senti auprès d'une sorcière.

Le banquier compta la seconde rangée de cartes formant le jeu de la rouge, et dit:

— Trente-et-un?

Puis il prononça ce mot cabalistique qui fera maugréer les joueurs jusqu'à la consommation des siècles.

— Après!

Cela veut dire, en argot de salle, qu'il faut recommencer et que la banque s'est adjugé pour son profit la moitié des mises.

En ce moment il y avait bien à peu près dix minutes que madame Pistache était assise à la table de jeu. Tous ceux qui suivaient la partie avaient remarqué que depuis le commencement la banque payait la petite femme avec l'argent de l'Américain; pour ce qui concernait ces deux champions, qui semblaient engager ensemble une lutte corps à corps, le bénéfice de la banque devait donc se borner aux refaits.

Cette bataille avait tout d'abord attiré l'attention générale; le personnel de la banque lui-même était vivement intéressé.

La rouge gagna cette fois, et Bobby Jobson, changeant de couleur, poussa ses seize cents francs sur la noire. Dans la galerie il y eut des gens qui pensèrent que c'était jouer puissamment; d'autres désapprouvèrent cette évolution.

Madame Pistache poussa sur la rouge ses quinze cent cinquante francs et sa quadruple pistole.

— Allons, dit-elle, ce n'est pas moi qui choisis, seize cents francs à la masse!

Au bout de vingt minutes et de douze coups madame Pistache avait, ma foi, cinquante-six mille cent cinquante francs sur le tapis, plus sa quadruple pistole.

— Eh bien, cher Monsieur, dit-elle doucement à son voisin Léonard le croupier, il ne me faut plus que deux coups. — Mais, grommela Léonard, vous avez donc un talisman dans votre poche!

Madame Pistache montra sa quadruple pistole.

— C'est une *pièce de bonheur*, dit-elle tout bas et avec une bonne foi entière. — Ah! fit Léo-

nard, qui n'était pas un esprit fort, c'est diffé-
rent ; je ne m'étonne plus !

Au moment où le banquier proclamait l'arrêt
du sort qui doublait les cinquante-six mille francs
de madame Pistache, elle se détourna pour chercher des yeux son fils Charles et jouir un peu de
sa joie : Charles n'était pas là. La figure de la
petite femme se rembrunit et prit une expression
de tristesse résignée.

— Il a honte de moi, pensa-t-elle ; je ne lui
ferai honte qu'une fois !

Les cheveux de Bobby Jobson étaient un peu
en désordre ; la sueur avait amolli la rigide symétrie
de ses cols de chemise ; sa respiration était courte
et pénible.

Mais il n'avait pas prononcé une seule parole
de plainte.

C'était un vilain homme qui était un très-beau
joueur.

Pour continuer sa martingale à ce treizième
coup effectif (il y avait eu deux refaits, comme
l'avait annoncé madame Pistache, et ils avaient
gagné tous les deux), pour continuer sa martingale, il lui fallait, cette fois, cent douze mille
quatre cents francs.

Bobby Jobson vida intrépidement son porte-feuille, tout à l'heure si gonflé. Il lui restait cinq billets, mais c'était des bons, car il put dire en les posant sur le tapis:

— Cent douze mille quatre cents francs à la masse! — Cent douze mille quatre cents francs à la masse! répéta madame Pistache comme un écho.

M. Lavaux se permit d'attirer avec son râteau le papier de Bobby Jobson: c'était des bank-notes de mille livres sterling chacune. La masse formait, sauf change, cent cinquante-cinq mille francs.

La banque de Hombourg est très-large, mais ici elle pouvait tenir en toute sûreté, puisque cette mise énorme était tenue sur l'autre couleur.

A l'instant où madame Pistache faisait son jeu pour cette suprême partie, elle sentit une main se crisper sur son bras: c'était Charles qui était derrière elle, plus pâle qu'un cadavre, tremblant et les yeux hagards. Charles s'était éloigné au début de la lutte, parce que sa cervelle en feu éclatait.

Il voyait tous les yeux se diriger, rieurs et moqueurs, vers sa mère. Il entendait tous ces chuchotements au milieu desquels dominait le nom cent fois prononcé de madame Pistache; il perdait patience, et se sentait devenir furieux.

D'autre part, il n'avait pas l'ombre d'une espérance. Jugeant l'événement avec la raison commune, tout ce qui se passait lui semblait folie.

Il s'était enfui, parcourant les salons à grands pas, se figurant que tout le monde le regardait, et se disait: Voilà le fils de madame Pistache!

Il s'était égaré dans les jardins du Casino, cherchant un peu d'air pour son front brûlant, et tâchant d'épaissir la brume qui était sur son intelligence; car il sentait bien qu'il souffrirait davantage dès qu'il pourrait réfléchir.

Un quart d'heure se passa. Charles avait de la sueur froide aux tempes, et des éblouissements couraient devant ses yeux.

Le nom de Marie vint à ses lèvres, et il pleura.

Puis il repoussa de toute sa force ces souvenirs navrants; puis encore il se dit:

— Pauvre femme! pauvre mère! sans doute qu'elle a déjà perdu sa pièce de mariage, cette relique des jours de son bonheur, qu'elle a risquée

pour moi. Et moi, je la laisse seule! et moi, je
l'abandonne! Oh! je suis un lâche, et je n'ai pas
de cœur!

Il s'était précipité au travers des jardins, et
avait regagné les salons pour retrouver sa mère,
pour la consoler, pour la soutenir dans cette dernière épreuve.

Et comme il passait le seuil du trente-et-
quarante, il avait entendu la voix claire et ferme
de madame Pistache qui prononçait ces prodi-
gieuses paroles: cent douze mille quatre cents
francs à la masse!

Charles fut pris d'un tremblement général. Il
n'eut pas le temps d'être joyeux: une frayeur
immense le saisit. Cet argent, c'était la vie; un
miracle seul avait pu le mettre entre ses mains,
et il lui semblait que sa mère tentait Dieu en le
jouant d'un seul coup.

— Retire cela!... retire cela! balbutia-t-il. —
Le jeu est fait, dit le banquier.

La petite femme se prit à sourire.

Et ils se croient joueurs!... murmura-t-elle du
haut de son dédain.

Elle donna sa main à Charles, et lui dit:

— J'en réponds!

L'argent de madame Pistache était sur la rouge.

— Deux!... dit le banquier.

Bobby Jobson respira longuement, et s'essuya le front comme un homme sauvé.

— Elle a perdu! murmura la galerie.

Le croupier Léonard se pencha vers madame Pistache:

— C'est malheureux, dit-il; on peut appeler cela échouer au port, ma chère dame.

La petite femme ne broncha pas.

— J'ai huit chances pour une contre moi, c'est vrai... dit-elle; qu'importe, cher monsieur, si celle-là est la bonne? Je parie avec vous le reste de ma quadruple pistole que le cher M. Lavaux va nous amener trente-et-un?

Tous les joueurs qui emplissaient la salle bondirent comme s'ils eussent reçu un choc électrique, parce que la voix lente et monotone de M. Lavaux prononça en ce moment même:

— Trente-et-un! Rouge gagne et couleur perd!

Charles appuya ses deux mains contre sa poitrine, et chancela comme un homme ivre.

Bobby Jobson et madame Pistache se levèrent tous les deux à la fois, au milieu de l'émotion générale, qui se traduisait par un long et sourd murmure.

Bobby Jobson ne songea pas même à suivre le sort des douze mille et quelques cents francs qui lui revenaient sur sa masse; il les laissa où ils étaient, et la banque, gagnant ce coup unique, les empocha pour s'indemniser des frais de la partie.

On prétend que la nation américaine ne brille pas par l'excès de la courtoisie. Cependant Bobby Jobson ne dit point d'injures à madame Pistache. Il planta son binocle à cheval sur son nez, et la contempla longuement, tout debout qu'il était, les poings appuyés contre le tapis.

Madame Pistache avait pris une posture pareille. Elle soutenait le regard de l'Américain, et chacun pouvait remarquer autour de sa lèvre un sourire railleur et cruel.

— Je vous ai vue autrefois... murmura Bobby Jobson. J'en suis sûr maintenant!

Le sourire de la petite femme se fit plus pointu et plus méchant; sa lèvre se plissa. Elle répondit d'une voix sèche:

— Donnez-moi le temps de ramasser tout cela, et je vous dirai où vous m'avez vue.

Elle entr'ouvrit son cabas. L'or et les billets disparurent dans sa vaste profondeur. En tombant, le métal produisit un son particulier qui fit dire à quelques amateurs:

— Ce n'était point des haricots secs que madame Pistache avait apportés aujourd'hui avec elle.

Elle quitta la table. La nuit venait. Elle se dirigea vers les jardins, et Bobby Jobson la suivit.

Comme Charles faisait un mouvement pour prendre le même chemin, elle lui dit de loin d'un accent impérieux:

— Je veux que tu restes.

Charles obéit.

Bobby Jobson rejoignit madame Pistache devant les premiers arbustes du parterre: les joueurs curieux s'étaient mis aux fenêtres, attendant quelque scène dramatique et bizarre.

Il n'y eut entre l'Américain et la petite femme que très-peu de paroles échangées.

Bobby Jobson tournait le dos; on ne voyait point son visage. Au contraire, les bougies de l'intérieur envoyaient de vifs reflets à la figure de madame Pistache.

Son œil brillait; sa tête était haute; il y avait sur toute sa physionomie comme un rayon de fierté implacable et sauvage.

Vous avez vu peut-être cet orgueil féroce de la femme qui se venge...

La fameux cabas s'ouvrit encore une fois. Un objet, que personne ne put distinguer, passa des mains de madame Pistache dans celles de Bobby Jobson, qui s'éloigna sans saluer.

Madame Pistache revint vers le Casino.

— Que lui avez-vous donné, ma mère? s'écria Charles en lui pressant les deux mains. — Que t'importe? répliqua la petite femme avec brusquerie.

En même temps, elle prêta l'oreille au loin, comme si elle eût attendu quelque chose.

Charles, qui craignait de deviner, voulut prendre le cabas pour voir si le pistolet double y était encore.

En ce moment, deux coups de feu retentirent dans le jardin.

Madame Pistache eut un petit tressaillement court.

Elle s'appuya contre la rampe.

Charles poussa un cri d'horreur.

— Il avait tué ton père..... dit madame Pistache.

Quelques minutes après, la chaise de poste brûlait le pavé sur le chemin de Francfort.

C'était le 15 février 1851. Charles Dubreuil était depuis plusieurs mois l'époux de Marie de Salisse. M. Monner de Saint-Valéry, évincé comme toujours, continuait de servir de médaille au marquis d'Argos et de faire ses affaires au parquet de Paris.

Ce brillant seigneur, disons-le tout de suite, est encore, à l'heure où nous écrivons, un marchand de foulards à marier. Il serait disposé à promettre une belle commission à quiconque lui trouverait un partie sortable.

Marie, marchante et heureuse, se promenait au bras de Charles par une de ces tièdes soirées qui se sont fourvoyées chez nous cet hiver. C'était dans un grand jardin de l'hôtel de Salisse, à Namur, dans ce même jardin où Marie et Charles s'étaient fait leurs adieux quelques mois auparavant.

— Mais ta mère, Charles, disait Marie, ton

excellente mère que j'aime tant sans la connaître... Ne la verrons-nous donc jamais?...

Charles laissait toujours percer un certain embarras quand on lui parlait de sa mère.

— Si fait! nous la verrons, Marie, répondit-il... Mais, tu le sais, elle est d'un caractère bizarre... Elle a exigé de moi que je ne chercherais pas à la voir avant d'avoir reçu une lettre d'elle... j'attends cette lettre tous les jours.

Un domestique parut à l'extrémité de l'allée; il tenait une lettre à la main.

— De ma mère! s'écria Charles, qui reconnut l'écriture aux dernières lueurs du crépuscule.

Marie et lui rentrèrent précipitamment pour lire la lettre.

Charles était joyeux et inquiet; Marie n'était que joyeuse.

La lettre disait:

„Mon enfant bien cher,

„Dieu me fait la grâce de m'appeler à lui parce que j'ai fini ma tâche sur la terre. Tu es heureux. Je t'avais dit que je t'écrirais pour que tu vinsses me voir avec ta femme; je t'écris: viens me voir... Tu trouveras au cimetière d'Aix-la-Chapelle une petite croix verte avec mon nom, auprès de la tombe de ton père...

„Et ne rougis plus, mon Charles bien-aimé, car madame Pistache est morte, et le ridicule s'arrête au seuil de cette dernière demeure.“

FIN.

UN

BAL DANS UNE MAISON DE FOUS.

SOUVENIR DU CARNEVAL DE VIENNE

EN 1852

PAR

ALPHONSE BALLEYDIER.

Le lendemain de mon arrivée à Vienne, où
de Rome je m'étais rendu pour écrire l'*Histoire
des révolutions d'Autriche* et suivre les mouve-
mens militaires en Hongrie, le prince Félix de
Schwarzenberg me présenta à S. M. l'empereur.

— J'ai lu votre *Histoire des révolutions,*
me dit le jeune monarque, et pour vous seconder
dans vos nouveaux travaux historiques, je mets
dès aujourd'hui à votre disposition le chevalier
de Guerlonde, l'un de mes aides de camp.

Quelques jours après, *l'Émancipation* et
l'Indépendance belge d'abord, les journaux
français et allemands ensuite, parlaient vaguement
d'un bal donné le 23 février 1852 dans la célèbre
maison de santé de Dobling, près Vienne. Je fus
l'un des bienheureux invités de cette fête excentrique, qui laissera une trace ineffaçable dans les
archives de notre mémoire. C'est donc un souvenir de carnaval ou de folie (n'est-ce pas syno-
nyme?) que je vous offre, un croquis de mœurs
dessiné d'après nature, et dont je garantis la
ressemblance exacte.

Dobling, aux portes de Vienne, est situé sur
le terrain même où le duc de Lorraine, livrant
bataille aux Turcs, les força, en 1683, de lever
le siége que, pour la seconde fois, ils avaient
mis devant la capitale de l'empire autrichien;

il se trouve également en vue de cet autre champ
de bataille où le géant des temps modernes a
remporté l'une de ses plus grandes victoires...
Wagram...

Quelques jours avant le bal des fous..., j'ai
visité ces lieux chers aux cœurs français... C'est
une immense plaine à perte de vue, coupée par
des sillons fertiles, et ensemencée d'ossemens de
héros tombés bravement sous les deux aigles
de France et d'Autriche. Souvent encore, le soc
de la charrue, creusant cette noble terre, exhume
de pieuses reliques :

— Ici, nous disait dans son langage pitto-
resque un vieux paysan qui avait assisté de loin
au choc des deux armées, nous trouvons plus
de fer et de plomb que de pierre, plus d'ossemens que de florins, car les balles tombèrent
comme de la grêle et les hommes comme des
capucins de cartes.

Le docteur Goergen conserve dans son cabinet
une cuirasse française percée de trois coups de
biscaïen, une trompette de cavalerie percée d'une
balle, et une croix oxydée de la Légion d'honneur.
Nous avons pressé sur nos lèvres ces précieux
documens de notre histoire militaire. La trompette a été fabriquée à Paris, rue Saint-Honoré,
en 1795 ; qui sait, elle a peut-être sonné la charge
à Marengo ! Il nous a été impossible de déchiffrer
le nom du facteur.

Mais laissons là le champ de bataille pour le

salon, la gloire pour le plaisir, les lauriers pour les roses; le bal nous attend à Dobling.

Dans un vaste salon, semblable à ceux que l'on rencontre rarement dans les hôtels du faubourg Saint-Germain, se pressaient, le 23 février 1852, à travers des gerbes de fleurs et des flots de lumière, des jeunes femmes aux épaules nues, à l'œil fascinateur, étincelantes de diamans et de beauté, des hommes jeunes et vieux chamarrés de rubans et de décorations; l'uniforme militaire, le frac civil froissaient à chaque pas la gaze et la soie. Il y avait là le général Mayendorf, le plus vigoureux chef des Serbes en guerre contre la Hongrie; M. Federoff, diplomate russe; l'écrivain Bauernfeld, auteur d'un grand nombre de comédies; M. Nandhartinger, savant maestro et directeur des concerts de la cour; le professeur Jaeger, dont la réputation est européenne; le docteur Schulz, qui a rendu d'importans services dans les hôpitaux de Vienne pendant la révolution; le docteur Jakobowitsch, professeur à l'université de Pesth, qui, pendant toutes les guerres de la révolution, a prodigué avec un dévouement incessant ses soins aux blessés des armées hongroises, autrichiennes, et a soigné avec des succès marqués les Russes blessés à la sanglante bataille de Vaitzen. Il y avait encore le docteur Riedl, directeur du nouvel hôpital impérial des aliénés, et l'une des premières illustrations de l'Allemagne; puis le prince Félix de Schwarzenberg, le comte de

Fiquelmont, qui daignait m'appeler son jeune confrère ; le prince de Metternich lui-même, ce Nestor de la diplomatie européenne, vieux, bien vieux d'années, mais jeune encore par le cœur et l'esprit ; puis encore des officiers anglais au service de l'Autriche, des attachés d'ambassade, des seigneurs russes, quelques Français, entre autres la spirituelle cantatrice du faubourg Saint-Germain, Mlle de Rupplin, etc., etc., etc. Tout ce que Vienne possède d'illustrations au point de vue de l'intelligence et de l'esprit se trouvait à cette fête excentrique.

Le bal commença par une *française* ; on appelle ainsi le quadrille à Vienne ; cette préférence a chatouillé, je vous assure, notre amour-propre national. L'orchestre était excellent : cela se conçoit, les musiciens étaient Viennois. Les *françaises*, les valses et les polkas se succédèrent sans interruptoin jusqu'à minuit. A cette heure et au moment où l'on allait se mettre à table pour souper (il n'y a pas de bal à Vienne sans souper, et le souper dure ordinairement trois heures), je m'approchai du directeur de la maison, et lui demandai tout bas à l'oreille :

— Où sont donc les fous et les folles, je n'en ai pas aperçu l'ombre ?

Le directeur se mit à rire, et, me prenant par le bras pour me conduire à la place qu'il m'avait réservée, il ajouta :

— Vous avez causé dix minutes avec un fou ;

vous avez perdu cinq points d'écarté avec un insensé; vous avez dansé une valse avec une folle, et vous avez dit des galanteries à une de mes pensionnaires qui se croit Marie Stuart, en raison de sa ressemblance avec cette illustre et infortunée reine.

Le souper fut magnifiquement servi; on aurait cru, en vérité, si le télégraphe électrique était perfectionné comme il le sera peut-être un jour, que le directeur de la maison de santé avait ordonné son menu chez Chevet. J'avais pour voisin de table un vieillard dont la figure vénérable était encadrée par de longs cheveux blancs:

— Je suis heureux de me trouver près d'un Français, me dit-il, car j'ai longtemps habité Paris, et dans cette capitale du monde j'ai appris à aimer la France!

Il était impossible d'être plus galant; je ne pus lui en témoigner ma reconnaissance que par une muette pression de main. Ce vieillard parlait admirablement bien; il savait tout, il avait tout vu; il appréciait les hommes et les choses avec une rectitude de jugement et une finesse d'esprit admirables. Des plus hautes sphères politiques il abordait le *terre à terre* de la plaisanterie avec un tact exquis; c'est ainsi que coup sur coup il m'éblouit par ce contraste:

— Savez-vous, monsieur, me dit-il après avoir passé en revue les systèmes politiques que la France expérimente depuis un demi-siècle, savez-vous ce qu'il faudrait aujourd'hui à votre belle France?

— Bien des choses, monsieur, lui répondis-je.

— Non pas, répliqua-t-il, il ne lui en faut qu'une..., une seule.

— Laquelle?

— Une idée.

— Laquelle encore?

— La bonne...

Un instant après, il ajouta, pour me prouver l'influence énorme que la France exerce sur l'Europe:

— Un grand homme d'État a dit que lorsque la France était enrhumée du cerveau, l'Europe éternuait; ce grand homme a eu raison. Je compléterai sa pensée en disant ce soir, puisque nous sommes au bal, que lorsque la France joue du violon, l'Europe danse... quand elle ne saute pas, ainsi qu'elle l'a fait en 1848, sur ses lois, ses traditions, ses gouvernemens, ses trônes et ses princes...

Cet homme, je vous le repète, parlait admirablement; si je n'avais pas été dans une maison de fous, je me serais cru dans les salons de mon ami Ancelot.

A trois heures, au moment où l'orchestre, par un prélude français de Musard, allait donner le signal de la seconde partie du bal, mon voisin de table m'adressa cette demande:

— Êtes-vous marié?

— Non, monsieur, lui répondis-je avec un soupir qui témoignait sans doute un regret.

— Je vous en félicite, monsieur, me dit-il en pressant mes deux mains dans les siennes; vous êtes le plus heureux des hommes... Les hommes parlent de liberté, ajouta-t-il avec un son de voix précipité, ils parlent d'indépendance, et ils se marient, les insensés! La liberté est impossible sur la terre, tant que le mariage existera; le mariage, monsieur, c'est le tombeau de l'indépendance; le mariage, c'est le malheur en ce monde: si j'avais l'honneur d'être le prince Louis-Napoléon, je ferais un décret en France pour abolir le mariage...

— Et les femmes aussi? lui demandai-je en riant.

— Et les femmes aussi, répliqua-t-il en ne riant pas; oui, les femmes, jeune homme, car je les connais, moi qui vous parle, car j'en ai eu deux... Deux démons! oh! si Dieu est juste, il m'accordera dans l'autre monde son paradis en compensation de l'enfer qu'il m'a donné deux fois dans celui-ci.

En parlant ainsi, les yeux du vieillard étaient devenus d'une fixité effrayante, sa parole était brève, saccadée, il reprit:

— Ma première femme était belle comme un ange; eh bien! pendant cinq ans, jusqu'à ce que la mort, en la frappant, m'eût vengé, elle a déshonoré, chaque jour, mon front et mes cheveux blancs. Ma seconde femme, monsieur, était laide comme le péché mortel. Eh bien! jusqu'au jour de notre divorce, elle m'a fait voir le diable... Vous riez, monsieur? Écoutez: elle a profité de mon dernier voyage à Paris pour bouleverser ma maison de fond en comble. A mon retour, je l'ai retrouvée méconnaissable à ce point que la cave était au grenier et le grenier à la cave; c'est-à-dire que les fondemens avaient pris la place des toits, et que forcément dans ma triste demeure on marchait la tête en bas et les pieds en haut.

— Position fort incommode, pour les dames surtout, lui dis-je.

— Oui, monsieur.

Et me serrant de nouveau les mains, à me briser les doigts, il termina en disant:

— Jeune homme, ne vous mariez jamais.......

J'avais conversé pendant trois heures avec un des hommes les plus spirituels et les plus sensés du monde, sans m'apercevoir qu'il était fou.

Pendant ce temps, le bal, ranimé par le champagne et le vin de Voësland, avait recommencé avec une énergie nouvelle; la valse brûlait le parquet; j'avais un engagement pour la sixième avec une jeune femme à laquelle j'avais été présenté dès le commencement de la soirée; elle ne dansait pas dans ce moment, j'allai m'asseoir à ses côtés.

Après avoir gracieusement accepté les quelques complimens banals que je lui adressai, elle me dit:

— Vous avez une belle mission à remplir, monsieur, et je vous en félicite.

— Comment donc, madame?

— Oui, je sais que vous êtes à Vienne, depuis quatre mois, pour écrire l'histoire de notre malheureuse révolution...

Ce préambule tournait à la politique, et comme j'aime peu la politique, au bal surtout, je cherchai à détourner la conversation; elle me devina sans doute, car d'elle-même elle aborda le chapitre de la littérature française. Comme mon voisin de table, cette femme parlait admirablement; elle appréciait nos auteurs et leurs œuvres avec une justesse qu'envieraient nos meilleurs critiques. En l'écoutant, j'étais tellement sous le charme, que j'aurais volontiers brisé l'archet qui dans ce moment jouait l'introduction d'une valse de Strauss.

— C'est la sixième, monsieur, me dit la jeune femme avec un doux sourire, celle que je vous ai accordée, venez.

Et nous nous élançâmes dans un tourbillon de gaze et de soie.

— Êtes-vous discret? me demanda-t-elle après deux ou trois tours.

— Comme la tombe, madame.

Fi! vous parlez ainsi que l'Antony d'Alexandre Dumas, une très-belle monstruosité!... N'importe, puisque vous êtes discret, je vous ferai une confidence après la valse.

La valse me parut avoir la durée d'un siècle; les valses durent régulièrement une demi-heure à Vienne. Lorsque celle-ci fut terminée, la jeune femme, conservant mon bras, me conduisit dans un salon retiré, et, se penchant à mon oreille:

— Savez-vous qui je suis? me dit-elle.

— Certainement, madame.

— Vous m'avez reconnue.

— Dès que je vous ai vue.

— Qui suis-je donc?

— La plus gracieuse, la plus aimable et la plus spirituelle femme du bal.

— Vous m'étonnez étrangement. On m'avait dit qu'en France les républicains n'étaient plus galants.

— Qui vous dit que je le sois?

— De la politique! Vous oubliez que nous sommes au bal.

— C'est vrai..., mais je persiste, vous voyez bien que je vous ai devinée.

— Eh bien! je suis.... mais n'en dites rien, car je suis ici en incognito, je suis... George Sand...

Cette jeune et jolie femme qui parlait si bien était folle!

Il était cinq heures du matin. Je partis, laissant le bal dans tout son éclat et tout son entrain.

Quelques jours après, je reçus le billet suivant:

„Mon cher historien,

„Si la maison de santé de Dobling ne vous a „point semblé trop désagréable, je vous attends „à dîner mardi prochain: je vous montrerai mon „établissement en détail.

Le docteur GOERGEN.“

J'acceptai cette gracieuse invitation, et le mardi suivant, à trois heures, je retrouvai dans la salle à manger du docteur Goergen une partie des personnes que j'avais vues à son dernier bal.

Le docteur dîne tous les jours avec ceux de ses pensionnaires qui, en raison de la situation de leur esprit, ne sont point consignés dans leur appartement. On ne saurait se faire une idée du ton exquis et de la parfaite convenance qui président à ces réunions de malheureux insensés; on se croirait volontiers dans le meilleur monde: les cavaliers, placés ordinairement près des dames, mais dans un ordre indiqué par le docteur, d'après les diverses incompatibilités d'humeur de ses commensaux sont empressés sans affectation, galants sans afféterie; la conversation ne dépasse jamais les limites d'une sage réserve; jamais une voix plus élevée ne domine la conversation, qui, parfois devenant générale, roule sur divers sujets et prend un tour souvent spirituel; les causeries se tiennent presque toujours en français. J'ai remarqué que les convives mangeaient avec un appétit extraordinaire, mais qu'ils buvaient fort peu l'eau qui leur sert invariablement de boisson. Après le dîner et au signal que le directeur de la maison donne le premier en se levant de table, les cavaliers offrent respectueusement le bras aux dames, et chacun se retire pour recommencer, suivant ses habitudes, le cours ordinaire de sa triste existence. Les uns vont au salon, où les dames prennent un livre ou leurs broderies; les autres, toujours en vue de leurs gardiens, se rendent au jardin; ceux-ci vont faire une promenade en voiture, ceux-là rentrent dans leur apparte-

ment. Tous profitent enfin de la somme de liberté
que l'autorité souveraine du docteur Goergen leur
a départie, et à laquelle ils sont invariablement
soumis, plus soumis que les peuples constitu-
tionnels ne le sont à leurs souverains.

Après le dîner, et au moment où je venais de
saluer Mᵐᵉ *George Sand* qui, le petit doigt placé
mystérieusement sur ses jolies lèvres, me rappelait
ma promesse de discrétion, le spirituel vieillard,
mon ancien voisin de table, vint à moi:

— Eh bien, monsieur, me dit-il sérieusement,
avez-vous réfléchi à notre entretien de l'autre jour?
Ai-je eu le bonheur de vous convertir à mon
opinion? profiterez-vous de mon exemple...? ne
vous mariez jamais!...

Un instant après, le docteur Goergen, me
prenant par le bras, m'introduisit dans un petit
salon où un jeune homme, dont la toilette irrépro-
chable aurait excité la jalousie d'un lion du boulevard
des Italiens, touchait le piano avec un rare talent.

— Quel est ce grand artiste? demandai-je,
mezzo voce, à mon amphitryon.

— Il n'est artiste que par le talent, me répondit
celui-ci, en mettant sa voix au diapason de la
mienne; c'est un grand seigneur qui porte un des
plus beaux noms de la Russie. Je puis vous le
dire, puisqu'il n'est un mystère pour personne:
c'est le neveu du maréchal Paskévitch.

Excepté quelques personnages marquants dont
il a été impossible de cacher la position, presque

tous les pensionnaires de Dobling ont un pseudonyme qui les rend impénétrables à la curiosité publique, et les sauvegarde aux yeux du monde, quand une guérison radicale leur permet d'y rentrer.

— Vous seriez bien surpris, me dit le docteur, si je vous citais le nom de toutes les illustrations que j'ai traitées, soulagées ou guéries... Il y a quelques années, il y avait dans ce salon, qui faisait partie de son appartement, un ministre de Charles X, un homme de cœur, de conviction et de talent; ses facultés mentales, ébranlées momentanément par la catastrophe de Juillet, le plaçaient sous une incessante hallucination : il avait la maladie de la terreur. Oh! combien de fois l'ai-je vu pâle, tremblant, mais résigné, les yeux fixés sur une terrible apparition! Combien de fois l'ai-je entendu, la nuit surtout, s'écrier : „— Entendez-vous, docteur, ce bourdonnement sourd? C'est la voix de la révolution, c'est le bruit des barricades qui s'élèvent et celui du trône qui s'écroule... Entendez-vous ces cris? C'est la voix d'un peuple en délire, c'est le bruit de la bataille, c'est l'acclamation d'une victoire impie et fratricide! Entendez-vous ce bruit de pas uniforme et cadencé? C'est un bataillon qui vient me chercher pour l'échafaud!... L'horrible machine est prête et le bourreau attend... Les voici!... Venez voir, docteur, comment un Français sait mourir pour son roi et sa patrie..." — La guérison de ce ministre est depuis longtemps un fait irrévocablement accompli.

Après avoir pris un excellent moka, douce réminiscence de Tortoni, le docteur Goergen me fit parcourir l'intérieur de son établissement, véritable demeure princière pour l'élégance et la richesse de toutes ses parties. Chaque malade a son appartement complet, et tenu avec une coquetterie qui donnerait des leçons de goût à une belle dame de la Chaussée-d'Antin.

— Dans cet appartement fermé, me dit le docteur, se trouve, depuis quelque temps, une des plus grandes célébrités de la Hongrie; je puis vous citer son nom, car il appartient, dès le premier jour de sa maladie, au domaine de la publicité: c'est le fameux comte Étienne Széchényi.

A ce nom, je ne pus me défendre d'un sentiment de religieuse compassion; car, malgré ses erreurs, Széchényi mérite encore l'estime et la pitié. Noble et magnat, appartenant à une famille qui naguère avait occupé les plus hautes fonctions de l'État, le comte Étienne Széchényi embrassa, dès le début de sa carrière, la cause du magyarisme. S'emparant, depuis cette époque, du rôle d'agitateur dans les questions d'ordre matériel ou moral qui pouvaient amener le triomphe de cette cause, il engagea son génie et son immense fortune. Il devait perdre l'un et une partie de l'autre. Profondément attaché au système de l'aristocratie parlementaire et à la royale dynastie des Habsbourgs, le noble chef magyar se vit bientôt débordé par le mouvement que, l'un des premiers, il avait imprimé à la cause hongroise: il voulut s'arrêter, mais il n'était plus temps; l'insurrection magyare ne tarda pas à couvrir de ruines et à inonder de sang les plaines fertiles de sa malheureuse patrie. C'est depuis cette époque que le comte Étienne Széchényi a perdu la raison, et qu'il se trouve livré à l'idée fixe d'avoir perdu son pays. Il vit dans le plus grand isolement et ne veut voir personne, ni sa femme, ni ses enfans, ni ses amis. Il n'a qu'une pensée au cœur, qu'une phrase aux lèvres: *J'ai perdu ma patrie!* Pauvre comte Széchényi!

— Quelle est cette femme si belle et si distinguée? demandai-je au docteur, en lui montrant une jeune dame qui se promenait dans le jardin, au bas de la galerie où nous étions.

— C'est une bien lamentable histoire que la sienne, me répondit le docteur. Ainsi que le jeune homme que nous venons de voir au piano, le mari de cette femme, appartenant à une illustre famille russe, et lui-même célèbre diplomate, a perdu subitement la raison. le soir même de ses noces. Sa belle compagne aurait pu recouvrer sa liberté par le divorce; elle ne l'a pas voulu. Sublime de vertu et de dévouement, elle s'est attachée pour la vie à l'homme qui venait de lui donner son nom. Il n'y a que la femme au monde pour donner de tels exemples de dévouement.

Dans ce moment, une voix délicieuse se fit entendre près de nous, dans une pièce voisine; je prêtai l'oreille :

— C'est une de vos compatriotes, me dit le docteur, une jeune femme aussi, qui n'a fait aussi qu'apparaître dans les salons de Paris pour y briller : c'est une étoile filante qui s'est détachée de votre beau ciel de France pour venir s'éteindre ici.

— Quel est son nom?

— Je ne puis vous le dire; elle s'appelle ici Marie.

— Beau nom, qui dit aimer!

— Et c'est parce qu'elle a trop aimé un homme indigne d'elle que la pauvre enfant se trouve à cette heure sous le ciel gris de notre poétique Allemagne... Écoutez!

La voix reprit :

> Tra, la, la, la... Quel est donc cet air?
> Tra, la, la, la... Quel est donc cet air?
> Oh! oui, je me souviens...

Elle chantait *la Folle!*... avec une expression de sentiment telle que chaque note semblait sortir de son âme...

— Cette voix me fait mal, dis-je au docteur; il me semble l'avoir entendue quelque part... Partons.

— Silence! s'écria le docteur, partons!

Nous descendîmes au jardin. Le docteur me montra un homme d'un certain âge, écoutant avec beaucoup d'attention le jeu du mouvement de sa montre.

— Cet homme, ajouta-t-il, est un des plus habiles mécaniciens d'Amérique; il a tant fait de machines en sa vie qu'il a fini par devenir machine lui-même...; il se croit une pendule. Quand nous serons près de lui, vous l'entendrez imiter avec sa langue le bruit d'un ressort d'horloge. Le jeune homme que vous apercevez plus loin vous représente un habile cavalier et en même temps un adroit chasseur. La mort d'un cheval lui a fait perdre la raison; il prétend que ce noble animal réunissait aux qualités de la race chevaline les qualités d'un chien de chasse; à son avis, il n'y avait pas de levrier au monde pour dépister comme lui un lièvre, ou d'épagneul pour arrêter un perdrix.

Il me faudrait un espace plus étendu que celui d'un feuilleton pour vous mander toutes les anecdotes intéressantes que le docteur m'a racontées, en me faisant admirer son bel établissement. Je terminerai par le récit suivant.

Il y a quelques années, deux célèbres savans d'Allemagne s'étaient liés d'amitié par correspondance, sans s'être jamais vus. Plusieurs fois, par des invitations réciproques, ils s'étaient donné rendez-vous, l'un à Berlin qu'il habitait, l'autre à Munich, sa résidence habituelle; mais la nature de leurs fonctions et de leurs charges les avait toujours empêchés de réaliser ce charmant projet. Leur correspondance devenait chaque année plus active et plus affectueuse; ce n'étaient plus deux amis, c'étaient deux frères, vivant de la même âme et pensant par le même cœur; ils en étaient arrivés à ce point de se tutoyer. Or, vous saurez que le tutoiement est une rareté phénoménale dans un certain monde de l'Allemagne. Un beau jour, ces deux amis s'engagèrent par serment, sur la mémoire de Castor et Pollux, de profiter des vacances de l'année 1848 pour se rencontrer à Paris. Mais depuis trop longtemps, hélas! *l'homme propose et la Révolution dispose!* Nos deux savans ne comptaient pas sur les barricades déplorables de Paris, de Francfort, de Munich, de Prague, de Dresde, de Vienne et de Berlin. Je vous demande le moyen de voyager, quand du sud au nord, de l'est à l'ouest, les voies communicatives sont barricadées?

Les événemens sinistres qui signalèrent les commencemens de cette malheureuse année exercèrent une grande influence sur les relations des deux savans; ils les révolutionnèrent même à ce point que leur correspondance, naguère encore si active, cessa tout à coup à l'époque fixée pour leur voyage de Paris......................
....

Favorisée prodigieusement par la politique, la maison princière du docteur Goergen, au mois de septembre de l'année 1848, avait réuni dans ses vastes salons une société d'élite telle qu'on la rencontre aux eaux le plus à la mode. Le docteur n'avait plus une chambre à donner.

Quoique l'intelligence soit morte à Dobling, on sait y vivre, et bien vivre, je vous assure; il est donc d'usage que le directeur de la maison présente les nouveaux venus à ses anciens pensionnaires. Ce fut dans l'accomplissement de cette formalité que les deux savans, les deux amis dont je vous ai parlé, se reconnurent un matin, à leur plus grande satisfaction. Cette première entrevue fut piquante, comme vous le comprenez; en effet, ils s'étaient donné rendez-vous à Paris, et, sans avis préalable aucun, ils se trouvaient réunis à Dobling, à la même table, sous le même toit! Décidément, il y a un dieu pour l'amitié. Après deux heures d'un entretien non interrompu, l'un d'eux, quittant son ami, fit appeler chez lui le docteur Goergen.

— J'ai une question à vous adresser, monsieur, lui dit-il.

— Parlez, monsieur, j'y répondrai.

— Avec la plus grande franchise?

— Je vous le promets.

— Vous connaissez le savant M.***?

— Puisqu'il se trouve chez moi.

— C'est juste... Êtes-vous bien sûr qu'il ait toute sa raison?... Vous ne me répondez pas, docteur?... Je ne me suis donc pas trompé, mon malheureux ami est fou!

Disant ainsi, il partit d'un gros éclat de rire.

Quelques instans après, le directeur reçut la visite de l'autre savant.

— Vous voyez en moi, monsieur le docteur, dit celui-ci, un homme profondément affligé.

— Chaque tristesse a sa consolation.

— Il y en a qui sont incurables; la mienne est de cette nature, puisque mon meilleur ami, le célèbre ***, est mortellement malade.

— Vous le croyez?

— J'en suis sûr; je viens de causer trois heures avec lui; il est fou, docteur, mais fou à lier.

Depuis lors, et chaque fois que les deux savans se rencontrèrent au salon ou dans les jardins, ils rivalisaient entre eux d'affectueuses attentions et de sympathiques prévenances; l'un et l'autre s'accordaient, à leur insu, les consolations d'une pitié réciproque.

L'un était le bibliothécaire d'un des plus grands princes du Nord; il est mort... L'autre était... il vit encore, et, sans calembour, il a *raison*, car il est toujours l'un des savans les plus distingués de l'Allemagne.................

La maison du docteur Goergen, qui lui a rendu la santé mentale, est, sans contredit, pour les classes élevées de la société, le meilleur et le plus confortable établissement de ce genre qui existe en Europe. Dans cette maison, dans ce palais de fous, veux-je dire, j'ai trouvé plus d'un sage... Hélas! parmi les gens réputés sages, combien de fous n'ai-je pas rencontrés!

FIN DE L'OUVRAGE.

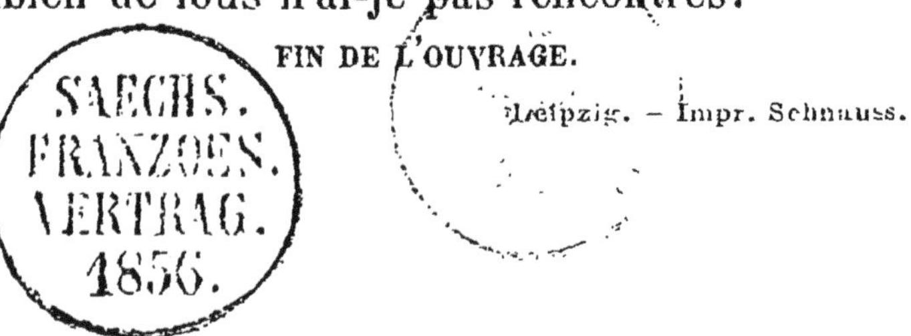

Leipzig. — Impr. Schnauss.